William Shakespeare

O mercador de Veneza

Tradução e adaptação de
Marilise Rezende Bertin

Ilustrações de
Angelo Abu

editora scipio

Gerente editorial
Sâmia Rios

Editor
Adilson Miguel

Editora assistente
Fabiana Mioto

Revisoras
Gislene de Oliveira, Eliana Medina,
Maiana Ostronoff (estagiária),
Paula Teixeira e Vanessa de Paula

Editora de arte
Marisa Iniesta Martin

Diagramador
Rafael Vianna

Programador visual de capa e miolo
Didier Dias de Moraes

Avenida das Nações Unidas, 7221
Pinheiros
CEP: 05425-902 – São Paulo – SP

Tel.: 4003-3061

www.coletivoleitor.com.br
e-mail: atendimento@aticascipione.com.br

2020

ISBN 978-85-262-7663-5 – AL

CL: 736830
CAE: 249343

1.ª EDIÇÃO
10 ª. impressão

Impressão e acabamento
Ricargraf

Traduzido e adaptado de *The merchant of Venice*. (Arden Shakespeare: Second Series). Edição de John Russel Brown. Arden Shakespeare: London, 1964.

Dados Internacionais de Catalogação na Publicação (CIP)
(Câmara Brasileira do Livro, SP, Brasil)

Bertin, Marilise Rezende

O mercador de Veneza / William Shakespeare; tradução e adaptação de Marilise Rezende Bertin; ilustrações de Angelo Abu. – São Paulo: Scipione, 2010. (Série Reencontro literatura)

Título original: *The merchant of Venice.*

1. Literatura infantojuvenil I. Shakespeare, William, 1564-1616. II. Abu, Angelo. III. Título. IV. Série.

10-00017 CDD-028.5

Índices para catálogo sistemático:
1. Literatura infantojuvenil 028.5
2. Literatura juvenil 028.5

SUMÁRIO

QUEM FOI WILLIAM SHAKESPEARE?

William Shakespeare (1564-1616) escreveu, durante um quarto de século de sua vida, aproximadamente 38 peças. Tragédias, comédias e dramas históricos figuram como a criação maior do dramaturgo, apesar de ele ter também escrito dois poemas narrativos, bem como 154 sonetos.

Todavia, as peças são, sem sombra de dúvida, sua produção mais conhecida. Muitas delas estão entre os mais belos trabalhos já escritos, e tomando-as como um todo, podemos considerar Shakespeare como o maior talento da era elisabetana, período áureo da história da Inglaterra. Fato impressionante é que seu feito ultrapassou o tempo e o espaço, considerando que suas peças são lidas e encenadas até os dias de hoje, nos quatro cantos do mundo.

Não são muitos os dados disponíveis a respeito da vida de Shakespeare. Acredita-se que ele possa ter nascido em 23 de abril, dia do patrono nacional da Inglaterra, São Jorge, na cidade inglesa de Stratford-upon-Avon. Dados existentes nos levam a um indivíduo excessivamente prático, homem do teatro, mas também envolvido em círculos comerciais, capaz de fazer um pouco de tudo, como ganhar muito dinheiro com suas peças, aposentar-se relativamente cedo e investir sua fortuna em casas e terrenos. Filho de John Shakespeare e Mary Arden, deve ter abandonado os estudos para trabalhar devido à decadência financeira do pai. Casou-se aos 18 anos com Anne Hathaway, oito anos mais velha que ele, grávida de três meses. Seis meses mais tarde nasceu Susanna, e dois anos depois vieram os gêmeos Hamnet e Judith. Hamnet, seu único filho homem, faleceu aos onze anos de idade. Esse fato deve ter ferido Shakespeare sobremaneira. Naquela época, a perda do único filho varão podia significar, dentre tantas outras coisas, a não continuação do sobrenome do pai.

A Inglaterra de Shakespeare crescia assombrosamente como potência mundial. Era de se esperar, portanto, que a famosa ilha absorvesse da Itália e da França, dentre outros países culturalmente superiores a ela, um grande número de novelas, contos, poemas e baladas. Muitos deles foram traduzidos para o inglês, apropriados e reaproveitados por

Shakespeare e reescritos para o teatro londrino, entretenimento maior no reinado da rainha Elizabeth (1558-1603). Tal fato pode impressionar àqueles que acreditam ser Shakespeare o criador dos enredos de grande parte de suas peças famosas, o que não é verdade.

Exemplifiquemos com *O mercador de Veneza*. O enredo desta peça é provavelmente composto de duas histórias distintas e pré-existentes: uma delas relata os incidentes ligados a um judeu cruel, que reivindica uma libra de carne de um mercador porque este não o pagou no dia combinado. A outra história se passa em Belmonte e fala de uma bela dama, de arcas e de pretendentes. As duas histórias foram encontradas em fontes diversas, muito antes da época de Shakespeare. Porém há uma única novela que reúne os dois enredos, encontrada na história de Gianetto, que está em uma coletânea de *novelle* italianas intitulada *Il Pecorone*, provavelmente organizada por Ser Giovanni Fiorentino quase duzentos anos antes de Shakespeare. Nessa publicação, os pretendentes da moça devem aguentar uma noite inteira acordados. Todavia, os dois primeiros têm sonífero adicionado às suas bebidas, para que percam a mão da moça em casamento e ela possa desposar aquele que realmente ama.

Escrita entre 1596 e 1598, *O mercador de Veneza* é uma comédia. Entretanto, as comédias shakespearianas não enfatizavam o lado cômico: elas lidavam com problemas de pessoas comuns, e acabavam sempre com um final feliz. Os personagens que desenvolviam um desequilíbrio negativo na trama eram afastados do mundo dos "abençoados". Assim sendo, as comédias de Shakespeare têm um tom amargo e doce, senão completamente amargo. Em *O mercador de Veneza*, por exemplo, a peça se inicia com Antônio melancólico; Shylock detesta mascaradas e música.

Quanto à linha de construção das comédias shakespearianas, o ponto principal não se limita somente às relações entre famílias e amigos. Em *O mercador de Veneza*, podemos afirmar que o dramaturgo analisa as relações da sociedade de um modo muito próximo. Essa peça tem como tema principal uma rede de obrigações construída no âmbito de um povo, que vai mais além do comercializar bens e acumular dinheiro. Tudo é emprestado e cobrado. Cobram-se ducados, anéis, libras de carne, justiça, amor, fidelidade a sentimentos. E o amor verdadeiro, simbolizado por Pórcia, é aquele que vence no final.

Shakespeare também aborda a questão do preconceito religioso, tema que pode justificar o motivo do sucesso do personagem Shylock durante todos esses anos. Shylock foi retratado das mais variadas formas em momentos históricos diversos. Não pretendemos aqui analisar o povo judeu e a sua história, mas é fato que vivemos em uma sociedade ocidental que adotou o cristianismo como religião, e sabemos que os judeus não aceitaram Jesus como o profeta esperado. Logicamente, por questões religiosas, esse povo seria (e foi) rejeitado por uma sociedade massivamente cristã. Ao estudarmos a Idade Média, conhecemos a forte influência que a Igreja exercia sobre a sociedade. Obviamente, os judeus não tinham uma vida fácil. Eles eram proibidos de exercer o comércio, e por isso cobravam juros, o que não era bem visto pelos cristãos. Viviam isolados da sociedade, tinham que usar gorros vermelhos que identificavam a sua raça e só podiam praticar sua religião escondidos.

Tal situação certamente promovia uma revolta silenciosa nesse povo subjugado, e essa revolta vem à tona por meio de Shylock. Ele é considerado sovina pelo mercador Antônio, todos os cristãos riem dele. Entretanto, Shylock afirma que os cristãos escravizam pessoas – e ele está correto. Ambos os lados, tanto o do cristão como o do judeu, trazem deformidades porque não interpretam as suas religiões segundo a visão da piedade e do perdão, mas enfatizam a justiça segundo os seus interesses próprios.

Shakespeare tinha seu modo próprio de escrever, fruto de seu gênio, mas também de sua época. A linguagem era mais trabalhada, menos direta do que aquela utilizada nos dias de hoje. A forma como se escreve muda com o passar dos anos. Ao pensarmos em um público jovem, entendemos que uma tradução "literal" (ou ao pé da letra) do texto teatral shakespeariano poderia trazer um estranhamento ao leitor, então a peça foi reescrita em uma linguagem mais atual, em texto narrativo, como quem conta uma história antiga. Fizemos uso de diálogos com o intuito de aproximar este texto ainda mais do escrito por William Shakespeare, assim como o de torná-lo muito mais dinâmico e atraente ao leitor moderno.

Personagens de *O mercador de Veneza*

O DOGE DE VENEZA

O PRÍNCIPE DO MARROCOS
O PRÍNCIPE DE ARAGÃO } pretendentes de Pórcia

ANTÔNIO: um mercador de Veneza

BASSÂNIO: amigo de Antônio e pretendente de Pórcia

GRACIANO
SALÉRIO
SOLÂNIO } amigos de Antônio e Bassânio

LOURENÇO: apaixonado por Jéssica

SHYLOCK: um rico judeu

TUBAL: um judeu, amigo de Shylock

LANCELOTE GOBBO: serviçal de Shylock

VELHO GOBBO: pai de Lancelote

LEONARDO: serviçal de Bassânio

BALTASAR
ESTÉFANO } serviçais de Pórcia

PÓRCIA: uma herdeira, de Belmonte

NERISSA: dama de companhia de Pórcia

JÉSSICA: filha de Shylock

Nobres de Veneza, oficiais da Corte de Justiça, um carcereiro, serviçais e outros criados

Lugares onde se passa a história: Veneza e a casa de Pórcia em Belmonte

1

Um pedido de ajuda

A casa era ampla e clara. Das janelas abertas era possível ver os cargueiros aportados. Navios enormes, repletos de mercadorias – sedas, especiarias, verdadeiros tesouros –, partiam e chegavam naquele porto onde se agitavam ondas, embarcações, pessoas. Cores e cheiros se mesclavam, enchiam a paisagem, justificando a fama da velha e ruidosa Veneza. O embarque e o desembarque de mercadorias transcorriam dia e noite, sempre que o tempo estava bom, pois ao menor sinal de mau tempo interrompiam-se viagens por temor de naufrágios. As gôndolas faziam o serviço de transporte. Iam e vinham incessantemente. Percorriam os canais, levavam mercadorias, pessoas e suas bagagens.

O comércio das sedas e das tão variadas e famosas especiarias atraía inúmeros comerciantes ao Rialto, também chamado de Bolsão das mercadorias. O Rialto era um edifício majestoso, onde os cavalheiros venezianos e mercadores se reuniam duas vezes ao dia para praticarem a venda, compra e troca, e também para se inteirarem da situação dos navios mercantes que saíam e chegavam a Veneza.

Antônio se debruçara na janela central de sua casa e observava o porto. Mais que isso: seus olhos iam além e fixavam o mar distante. Parecia triste e preocupado. Sentia-se só. Lembranças de sua vida passavam em sua mente: os anos suados de trabalhos infindáveis, o primeiro navio, os outros que se seguiram, e finalmente os lucros gordos das mercadorias vindas dos quatro cantos do mundo.

Um ruído de vozes trouxe Antônio de volta à realidade. Dois jovens se postavam em frente à sua casa. O mais alto e falante batia à porta. Antônio desceu para abri-la.

Era Solânio, que estranhou o ar distraído e distante do amigo.

– Chi, você não está com cara boa hoje, Antônio. Não está bem? O que há de errado? – perguntou Solânio, curioso.

– Para dizer a verdade, não sei por que estou triste. Esse estado me cansa, e sei que cansa quem convive comigo. E o fato de não compreender o que me angustia prova que não me conheço bem e que tenho ainda muito a aprender sobre mim mesmo.

– Meu caro Antônio, você está preocupado com seus navios – interveio Salério. – Sua mente se agita no oceano onde seus navios se encontram navegando majestosamente. Eles são como carros alegóricos em desfile no mar. São tão grandes que desprezam os navios menores, que fazem reverência quando passam.

– Sim, acredite-me – respondeu Solânio. – Se eu tivesse tantos bens em atividades de alto risco, minhas preocupações e esperanças estariam lá fora junto a eles. Estaria preocupado com a direção do vento, passaria grande parte do tempo examinando mapas à procura de portos, píeres e ancoradouros, e cada incidente que pudesse antecipar um problema com meus navios me poria triste.

– É verdade, meu amigo – ajuntou Salério. – Se eu fosse

você, ficaria apavorado sempre que soprasse minha sopa para esfriá-la, pois estaria pensando no dano que um imenso vendaval poderia causar aos meus navios. Sempre que eu fosse à igreja e visse a edificação de pedras, imaginaria as rochas se chocando contra meu navio desnudo, as especiarias esparramadas pelo mar. Minhas sedas vestiriam o mar ruidoso, e, em uma palavra, estaria arruinado. Se eu pensasse dessa maneira, não me sentiria triste? É óbvio que sim. Sei que Antônio está triste porque está preocupado com sua mercadoria.

– Acreditem, não é isso – respondeu Antônio. – Felizmente, minha situação financeira é boa. Meus negócios não estão investidos somente em um navio ou um lugar. Portanto, não são eles o motivo de minha tristeza.

– Então você está apaixonado – retrucou Solânio de bom humor.

– Ora, vamos... Melhor mudar de assunto, não? – sugeriu Antônio, contrafeito.

Nesse momento, ouviram-se novas batidas na porta. Solânio foi abri-la. Eram Bassânio, grande amigo de Antônio, Graciano e Lourenço, também conhecidos do mercador.

– Vejam quem está aqui! – exclamou Solânio. – Mais amigos preocupados com você. Eu e Salério vamos deixá-lo em melhor companhia. Adeus.

– Eu ficaria aqui para alegrá-lo se seus nobres amigos não tivessem aparecido – ajuntou Salério.

– Sua presença é muito preciosa para mim – respondeu Antônio. – Mas compreendo que tenha de partir para cuidar de seus negócios.

– Agradeço suas palavras, Antônio – retrucou Salério. E dirigindo-se aos recém-chegados:

– Tenham um bom-dia, senhores!

Bassânio, agradecendo, perguntou:

– Meus caros, quando iremos nos encontrar e nos divertir, todos juntos? Digam, quando? Nós nunca nos vemos. Será que tem que ser sempre assim?

– Arranjaremos um dia para nos encontrarmos – respondeu Salério. – Até breve! – e saiu com Solânio.

– Senhor Bassânio, já que o senhor encontrou Antônio, eu e Graciano vamos deixá-los também. Mas não se esqueça de que nos encontraremos para o jantar hoje à noite – relembrou-o Lourenço.

– Não se preocupe, Lourenço, estarei lá – prometeu Bassânio.

– Antônio, o senhor não parece bem. Está levando as coisas muito a sério. Pessoas como o senhor sempre sofrem. Acredite, o senhor está mudado – afirmou Graciano.

– Para mim o mundo não é para ser levado a sério. É um palco onde cada homem tem o seu papel, e o meu é triste – respondeu Antônio.

– Então me deixe ser o bobo para fazê-lo rir – pediu Graciano. – Gosto de você, Antônio, portanto não posso deixar de falar. Existem pessoas no mundo que só fazem ganhar úlceras por serem mal-humoradas. Elas se mantêm imóveis porque pensam que são sábias, porém são sombrias feito sepulturas; sérias e respeitáveis. Quando abrem a boca esperam que todos fiquem quietos, e até mesmo os cachorros deveriam parar de latir. Ah, Antônio, conheço muitas dessas pessoas consideradas sábias, mas que não dizem nada. Eu lhe contarei mais sobre isso numa outra ocasião. Anime-se, portanto, não ande pelos cantos de forma tão sombria. Vamos, bom Lourenço, e adeus por ora. Termino meu conselho após o jantar.

– Bem, vamos deixá-los até o jantar. Devo ser um desses homens silenciosos, os famosos homens sábios aos quais Graciano se referiu, porque ele nunca me deixa falar – disse Lourenço.

– Fique comigo mais dois anos e não reconhecerá o som de sua voz – acrescentou Graciano de bom humor.

– Está bem – respondeu Antônio. – Vou começar a falar após ter ouvido suas palavras.

Graciano e Lourenço se despediram e partiram.

– Será que Graciano está certo, Bassânio? – perguntou-lhe Antônio.

– Graciano fala mais bobagens do que qualquer outro homem em Veneza – respondeu Bassânio. – Seus pontos de vista são como dois grãos de trigo escondidos em dois alqueires de joio. Você vai procurá-los o dia todo e quando encontrá-los irá perceber que de nada valeu a busca...

A sós com Antônio, Bassânio passou a narrar seus problemas àquele que sempre fora o seu maior amigo. Antônio era prestativo, carinhoso, pronto a auxiliar Bassânio em tudo que ele necessitasse.

– Pois bem, querido Bassânio, deixe-me saber de tudo, não omita nada. Quem é a dama que você disse que ia visitar? Você prometeu me contar.

– Antônio, você sabe como as minhas finanças estão ruins ultimamente. Tenho tido muita dificuldade em pagar minhas dívidas, que se acumularam desde que comecei a viver uma vida luxuosa. A você, Antônio, devo, em especial, dinheiro e afeto. E porque você me quer muito bem, sei que me deixará contar-lhe como pretendo acabar com todas as minhas dívidas – respondeu Bassânio.

– Por favor, deixe-me saber de tudo. Contanto que seja honrado, você pode estar certo de que meu dinheiro e minha pessoa estarão à sua disposição.

– Em Belmonte há uma dama que herdou uma grande fortuna, e ela é bela, e mais do que isso, ela é virtuosa. Uma vez, de seus olhos, recebi belas e silenciosas mensagens, o que me fez crer que ela poderia gostar de mim. O nome dela é Pórcia e sua riqueza é famosa mundialmente. Pretendentes renomados e importantes de todos os cantos vão à procura dela. Antônio, se eu tivesse dinheiro suficiente para desafiar aqueles pretendentes, tenho certeza de que poderia ganhá-la.

– Sim – respondeu Antônio, – compreendo. Todavia, como poderia ser-lhe útil, meu amigo?

– Se você me emprestasse dinheiro uma última vez, eu poderia encher um grande navio de ricos presentes e empregar alguns serviçais. Bem trajado, iria visitar a bela Pórcia e cortejá-la. Conquistando-a e desposando-a, poderei lhe devolver tudo o que lhe devo.

– Bassânio, você sabe que todas as minhas fortunas estão no mar. Não tenho nenhum dinheiro para lhe dar. Mas vá em frente e compre coisas em meu nome, a crédito, em toda a Veneza. Usarei todo o meu crédito para ajudá-lo a suprir o necessário e ir a Belmonte, para a bela Pórcia. Vá ver quem pode lhe emprestar dinheiro, e eu farei o mesmo. Tenho certeza de que posso obter um empréstimo ou um favor pessoal. Portanto, sugiro que resolvamos este problema sem demora. Acompanhe-me.

E os dois homens partiram apressadamente.

2

Pretendentes desagradáveis

Belmonte era uma rica vila próxima a Veneza, circundada por lagunas formadas pelos canais venezianos. O grande castelo onde morava Pórcia ficava no centro da vila. A bela herdeira e sua fiel dama de companhia, Nerissa, confabulavam, a sós, na saleta do rico palacete.

– Ah, Nerissa, como estou cansada deste mundo. O peso que carrego é demais para mim. Meu pai partiu desta vida e me deixou como herança uma dura obrigação filial. Na verdade, não tenho como caminhar sozinha, uma vez que não posso fazer escolhas!

– Senhora, seu pai era um homem sábio, e homens santos, em seus leitos de morte, têm boas inspirações. Por conta disso, ele teve essa ideia de fazer um jogo com três arcas: uma de ouro, outra de prata e outra de chumbo. O pretendente terá que escolher uma arca. Aquele que decifrar a charada será o homem para a senhora. E o pretendente que a ama verdadeiramente escolherá, com certeza, a arca correta. Mas... cá entre nós, o que a senhora acha de alguns desses pretendentes principescos que aqui vieram?

– Ah, boa Nerissa, são todos muito desagradáveis. Deixe-me percorrer a lista dos pretendentes e você perceberá, pelas minhas descrições, o que eles representam para mim. Bem, primeiramente temos o príncipe napolitano, que é um ser arrogante e só fala de seu cavalo. Tem extremo orgulho de conseguir colocar as ferraduras em seu garanhão ele próprio. Penso que sua mãe teve um caso amoroso com um ferreiro... Já o conde palatino torce o nariz para tudo, não acha graça de nada e age como se quisesse me dizer: "Se você não me quiser, não me importo".

– E o senhor francês, *Monsieur* Le Bon, madame?

– Esse aí quer se mostrar o tempo todo. Insuportavelmente ridículo! Temos também o jovem barão inglês Falconbridge. Ele é bonito, porém, não nos entendemos! Ele não fala latim, francês, nem italiano, e eu não falo inglês. Ele se veste de modo muito estranho! Acho que comprou sua jaqueta na Itália, seus calções na França, seu chapéu na Alemanha e seu comportamento em outro lugar... Já o lorde escocês vive às turras com ele.

– Bem, vamos ao próximo... – disse Nerissa.

– Ah, sim, o jovem alemão, sobrinho do duque da Saxônia. Desprezível pela manhã, quando está sóbrio, e pior à tarde, quando está bêbado. Preferível casar-se com uma esponja... Temo que, se ele se oferecer para escolher uma arca e escolher a correta, terei que obedecer ao testamento de meu pai...

– A senhora não precisa temer nenhum desses senhores. Eles me disseram que desejam retornar para suas casas e não pretendem importuná-la mais, a menos que haja outra maneira de ganhá-la que não seja aquela que foi imposta por seu pai, por meio das arcas.

– Nerissa, estou certa de que morrerei uma solteirona, a menos que alguém me ganhe de acordo com as regras do testamento de meu pai. De qualquer forma, estou satisfeita que esses pretendentes sejam sensatos o suficiente para ficarem longe, já que é o que eu desejo também.

– Mas existe uma pessoa que a senhora gostaria de reencontrar, tenho certeza. A senhora se lembra, quando seu pai estava vivo, de um veneziano letrado e soldado que veio aqui em companhia do Marquês de Montferrat? Seu nome era Bassânio, e tenho certeza de que ele mereceria uma bela dama.

– Verdade, Nerissa. Lembro-me bem dele e concordo que ele mereça seu elogio...

Nesse momento, um serviçal entrou e disse à dama que os quatro pretendentes a procuravam para se despedir. Acrescentou que havia um mensageiro representando um quinto pretendente, o príncipe do Marrocos, que chegaria ao palácio à noite.

Pórcia comentou que se ela pudesse desejar boas-vindas a esse quinto pretendente da mesma maneira que dizia adeus aos outros quatro, ficaria feliz com sua chegada.

– Se ele tiver o caráter de um santo, mas as feições de um demônio, prefiro que seja meu confessor, e não meu marido – disse a jovem. – Vamos, Nerissa. E você, moço, vá em frente. Nem bem fechamos os portões a um pretendente e já outro bate à porta.

3

O empréstimo

Enquanto Antônio tentava obter um empréstimo com alguns comerciantes no Rialto, sem resultado, Bassânio, por outro lado, resolveu a contragosto ir pedir ajuda ao judeu Shylock. Os judeus eram proibidos de exercer o comércio livremente, motivo pelo qual cobravam juros, o que não era bem-visto pelos cristãos.

Bassânio e Shylock discutiam o valor do empréstimo, assim como as condições de pagamento.

– São três mil ducados, por três meses. Bem... – refletiu Shylock.

– Sim, senhor. Como lhe disse anteriormente, Antônio garantirá o empréstimo.

– Antônio irá garanti-lo. Bem... – repetiu Shylock.

– O senhor irá me ajudar? Qual é sua resposta? – perguntou Bassânio.

– Antônio é um bom homem – respondeu Shylock.

– O senhor ouviu alguma coisa em contrário?

– Oh, não, não, não, não – respondeu Shylock. – O que quis dizer é que ele tem dinheiro suficiente para garantir o empréstimo. Contudo, seus investimentos estão incertos agora. Ele tem um navio indo para Trípoli, outro para as Índias. Ouvi no Rialto que ele tem um terceiro navio no México, um quarto na Inglaterra e outros negócios de risco espalhados por outros países. Mas navios são apenas mastros, e marinheiros, apenas homens. Existem ratos de terra e de água, ladrões de água e de terra, quero dizer, piratas, e aí existe o perigo das chuvas e dos mares, dos ventos e das rochas. Não há garantia. Bem, de qualquer forma... Três mil ducados, acho que posso aceitar a proposta dele.

– Asseguro-lhe que sim – reafirmou Bassânio.

– Eu me certificarei de que posso e então farei o empréstimo. Posso falar com Antônio?

– Se for de seu agrado, o senhor poderia jantar conosco – convidou Bassânio.

– Isso é o que você pensa! – disse Shylock em voz baixa, como que falando consigo. – Para sentir o cheiro da carne de porco, que é alimento proibido na dieta de meu povo? Ou me alimentar da carne desses animais, para os quais Jesus enviou os demônios que ele expulsou dos corpos dos loucos? Eu irei comprar, vender, conversar, caminhar com vocês, mas não vou comer, beber ou orar com vocês. – E então perguntou a Bassânio: – Alguma notícia do Rialto? Quem vem lá?

– É o senhor Antônio – respondeu Bassânio.

– Como ele parece um publicano bajulador, um cruel romano cobrador de impostos, que não hesitaria em tratar Jesus com insolência! – sussurrou Shylock para si. – Eu o odeio porque ele é cristão, porém mais ainda porque ele não empresta dinheiro a juros e por isso abaixa as taxas de juros de Veneza. Se puder apanhá-lo em desvantagem, irei satisfazer meu antigo rancor por ele. Ele detesta nossa sagrada nação, e mesmo no Rialto sempre reclama de mim, das minhas negociações e dos meus lucros suados, que ele chama de "juros". Amaldiçoada seja minha tribo se eu o perdoar!

– O senhor está me ouvindo? – perguntou Bassânio.

– Estou pensando em quanto dinheiro tenho em mãos e, se bem me lembro, não posso levantar os três mil ducados. O que fazer então? Tubal, um rico judeu de minha tribo, irá suprir a soma inteira. Mas espere um minuto! Quantos meses você quer? – E dirigindo-se a Antônio, que acabara de chegar – Ah, olá, senhor. Estávamos falando do senhor neste minuto.

Antônio o cumprimentou secamente e, sem demora, foi direto ao assunto.

– Shylock, embora eu nunca empreste ou peça dinheiro emprestado a juros, quebrarei o costume para ajudar um amigo.

– E perguntou a Bassânio: – Ele sabe de quanto você necessita?

– Sim, Antônio – respondeu Bassânio. – Três mil ducados por três meses.

– Ah, é verdade. Tinha me esquecido – disse Shylock. – Bem, então eis aqui a sua promissória. Deixe-me ver... Mas escute, senhor Antônio, pensei que havia me dito que não vende ou empresta a juros.

– Nunca o faço – retrucou Antônio.

– Quando Jacó cuidou das ovelhas de seu tio Labão – contou Shylock –, ele era o herdeiro direto de seu avô Abraão, porque sua mãe havia arranjado para que seu marido, Isaac, fizesse dele seu herdeiro...

– E o que ele fez? – perguntou Antônio. – Cobrou juros?

– Não, ele não cobrava juros – respondeu Shylock. – Não no sentido da palavra. Escute o que Jacó fez: quando ele e Labão concordaram que todos os cordeiros malhados seriam o salário de Jacó, era no final do outono, período em que as ovelhas estavam começando a acasalar. Na ocasião, acreditava-se que os cordeirinhos se pareciam com o que sua mãe via durante o acasalamento. Então Jacó fincou alguns galhos rajados na terra, bem em frente das ovelhas, para que elas os vissem enquanto procriavam. Mais tarde, elas deram à luz carneiros malhados, e todos ficaram para Jacó. Esse foi o modo de expandir o seu negócio, e ele foi abençoado. O lucro é uma bênção, desde que você não roube para consegui-lo.

– Esse empreendimento de risco ao qual você se refere aconteceu porque Deus permitiu que assim acontecesse – respondeu Antônio. – Jacó não tinha controle sobre o que aconteceu. Mas você contou essa história para justificar que os juros são uma coisa boa? Ou que seu ouro e prata são iguais às ovelhas de Jacó? Veja bem, Bassânio, temos que ter cuidado. O demônio pode citar as Escrituras Sagradas em seu próprio benefício. Uma alma malévola que usa uma história sagrada para justificar seus meios é como um canalha que sorri para você. Ele se assemelha a uma maçã que parece boa, mas está podre por dentro. Ah, os mentirosos podem parecer tão honestos! Bem, Shylock, você nos emprestará o dinheiro?

Shylock perdeu finalmente a paciência e respondeu:

– Senhor Antônio, muitas vezes o senhor a mim insultou, bem como aos meus negócios no Rialto. Tenho tolerado tudo porque sofrimento é o emblema de minha tribo. Chamou-me de pagão, cão sarnento e cuspiu em minhas roupas judias, e tudo porque uso meu dinheiro para obter lucro. Bem, então, agora parece que o senhor precisa de minha ajuda. Tudo certo, então! Vem a mim e diz "Shylock, precisamos de dinheiro". O senhor diz isso, mesmo tendo cuspido em minha barba e me chutado como chutaria um cão perdido! E agora me pede dinheiro. O que lhe deveria dizer? Não deveria dizer "Um cachorro tem dinheiro? Pode um cachorro emprestar três mil ducados?". Ou deveria me curvar e com uma voz humilde e sussurrante dizer "Justo Antônio: o senhor cuspiu em mim na quarta-feira passada, insultou-me nesse dia, em outro dia chamou-me de cachorro e, por essas cortesias, eu vou lhe emprestar dinheiro"?

– Eu provavelmente o chamarei de novo de cachorro e cuspirei em você uma vez mais, e o desprezarei também. Se você nos emprestar esse dinheiro, não o faça como se fizesse a um amigo. Quando amigos cobrariam juros? Ao contrário, empreste a um inimigo, porque se não der certo, será mais fácil para você penalizá-lo – respondeu Antônio, enraivecido.

– Veja como o senhor se enfurece! – disse Shylock. – Queria ser seu amigo e ter sua estima, esquecer a vergonha com a qual o senhor me manchou, suprir suas necessidades presentes e não cobrar um centavo a mais pelo uso que fez do dinheiro, contudo o senhor não me escuta! Faço uma oferta gentil! Mas lhe mostrarei quão gentil eu sou. Venha comigo a um tabelião e formalizaremos nosso contrato. E, só por brincadeira, vamos acrescentar uma cláusula. Se o senhor não me pagar a soma expressa no contrato no dia e local estipulados, sua penalidade será uma libra da sua carne clara, meio quilo de carne a ser cortado e tirado de qualquer parte de seu corpo que me agradar.

– Negócio fechado. Concordo com tal promissória e digo que o judeu é muito gentil – respondeu Antônio ironicamente.

– Você não vai assinar tal promissória por mim! – implorou Bassânio.

– Mas por quê? – indagou Antônio. – Não tema, homem. Não vou ter que pagar tal sanção. Dentro de dois meses, um mês antes de a promissória vencer, espero receber mais de três vezes o valor dessa promissória.

– Ah, pai Abraão – retrucou Shylock –, que tipo de pessoas são esses cristãos, cuja mesquinhez os ensina a suspeitar de outras pessoas?! Por favor, diga-me: se ele não conseguir me pagar até o prazo final, o que eu ganharia com tal penalidade? Uma libra de carne humana arrancada de um homem não é nem tão valiosa como uma libra de carne de carneiro, de vaca ou de cabra. Eu digo que estou apenas oferecendo um favor a um amigo. Se ele o aceitar, bom. Se não, *adieu*. E, por amor, eu rogo que o senhor não me compreenda mal.

– Sim, Shylock, vou assinar esta promissória e concordar com seus termos – confirmou Antônio.

– Então me encontre sem demora na casa do tabelião. Dê-lhe instruções para este divertido contrato e eu apanharei os ducados em seguida. Vou dar uma olhada em minha casa, que ficou sob os cuidados de um serviçal descuidado, e estarei com o senhor em breve – disse Shylock, partindo.

– Não gosto quando um canalha age bem – reclamou Bassânio.

– Ora, vamos – respondeu-lhe Antônio. – Não há necessidade de se preocupar. Meus navios voltarão para casa um mês antes da data prevista.

Confiante, Antônio dirigiu-se ao tabelião com Bassânio.

4

O príncipe do Marrocos

Amanhecia em Belmonte. Um alarido foi ouvido em frente à porta principal do castelo de Pórcia, seguido do toque de trombetas, anunciando a chegada do príncipe do Marrocos e sua pequena comitiva. O príncipe era um mouro de pele morena, e vinha tentar a sorte na escolha das arcas, na esperança de desposar a bela e rica dama.

Nerissa e Pórcia o receberam. O príncipe as cumprimentou e começou um longo discurso. Pedia que a dama não visse sua cor escura de modo negativo, pois ele vinha de um lugar onde o sol castigava a pele sem piedade; contudo, era um bravo guerreiro e muito admirado pelas mulheres. Pediu que a dama o levasse às arcas imediatamente para tentar sua sorte, e insistiu que faria qualquer coisa para ganhar a admiração da moça – arrancaria corajosamente os filhotes de uma ursa furiosa, riria do leão quando este urrasse atrás de sua presa –, porém morreria de pesar caso não fosse feliz na escolha das arcas.

Pórcia respondeu-lhe que não se impressionava com aparências, mas que também não podia fazer nenhuma escolha própria, uma vez que estava presa ao desejo de seu falecido pai. Ela o levou às arcas, porém o fez jurar que, caso errasse na escolha, deveria se comprometer naquele momento a jamais desposar outra mulher em toda sua vida.

O príncipe prometeu.

– Leve-me ao meu destino, então! – ele exclamou, ansioso.

– Boa sorte! – desejou-lhe Pórcia. – Siga-me!

Pórcia, Nerissa e alguns criados, seguidos pelo príncipe e sua comitiva, caminharam até a sala onde as arcas estavam bem guardadas. Longas cortinas desciam do alto até o chão, de tal maneira que as arcas não podiam ser vistas.

Pórcia ordenou a um criado que abrisse as cortinas e mostrasse as três arcas para o príncipe: a de ouro, a de prata e a de chumbo.

– Escolha uma delas, senhor – falou a moça.

O príncipe dirigiu-se para a arca de ouro, cuja inscrição dizia: "Quem me escolher terá o que muitos homens desejam". A segunda arca, a de prata, tinha a seguinte inscrição: "Quem me escolher terá o que merece". Finalmente a terceira, a de chumbo, trazia a inscrição: "Quem me escolher terá que dar e arriscar tudo o que tem".

– Como saberei se estarei escolhendo a correta? – perguntou o príncipe.

– Uma delas traz dentro o meu retrato. Se você a escolher, príncipe, serei sua, e o retrato também.

– Que algum deus guie minha decisão! – exclamou o príncipe. – Vejamos. A arca de chumbo. A inscrição diz que quem a escolher deverá dar e arriscar tudo o que tem... Por chumbo? Não, essa arca é uma ameaça. Não vou dar ou arriscar tudo por chumbo. O que a arca de prata diz? Quem a escolher receberá o que merece. Como devo entender "merece"? Pórcia e tudo mais? E se eu pensar que não a mereço? Vamos à arca de ouro. Ela diz que quem a escolher obterá o que muitos homens desejam. O que muitos homens desejam? Pórcia! Todos os homens a desejam. Eles vêm dos quatro cantos do mundo para beijar este santuário, esta santa que respira viva! Príncipes atravessam desertos da inóspita Arábia para ver a bela Pórcia. Ela não pode estar contida no chumbo. É grosseiro demais para abrigá-la. Ela também não pode estar contida na prata, que é dez vezes menos valorizada do que o ouro. Ah, que pensamento pecaminoso! Ninguém jamais engastaria uma gema preciosa como ela em metal inferior ao ouro. Na Inglaterra existe uma moeda estampada com a figura de um anjo gravada em baixo-relevo. Aqui, um anjo repousa em uma cama dourada. Dê-me a chave e deixe-me tentar minha sorte.

– Aqui está a chave, príncipe. E se meu retrato estiver aí dentro, serei sua – afirmou Pórcia.

O príncipe do Marrocos abriu a arca com avidez. Mas, ah, que furiosa decepção! O retrato da formosa dama não se encontrava lá. Perturbado com o resultado, o príncipe soltou um grito de horror:

– Ah, inferno, o que temos aqui? Uma caveira com um pergaminho dentro do orifício de um olho. Vou lê-lo:

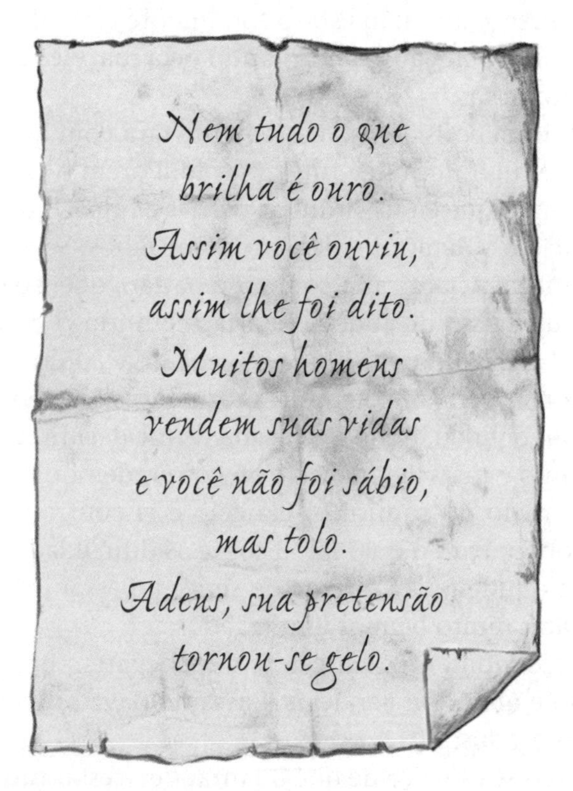

Nem tudo o que
brilha é ouro.
Assim você ouviu,
assim lhe foi dito.
Muitos homens
vendem suas vidas
e você não foi sábio,
mas tolo.
Adeus, sua pretensão
tornou-se gelo.

– Então adeus, calor, e bem-vinda neve eterna! Pórcia, adeus! Meu coração está tão triste que não demorarei a partir. Perdedores partem rapidamente – disse o príncipe, e saiu com seu séquito.

– Já vão tarde! Fechem as cortinas e saiam – respondeu a bela dama, aliviada.

5
Lancelote procura outro patrão

Lancelote Gobbo era o criado de Shylock. Entretanto, ele não era feliz trabalhando para o judeu. Queria procurar outro emprego, mas não estava totalmente certo de que partir seria a melhor solução. Caminhando pela rua, ele falava consigo mesmo:

– Minha consciência certamente fará com que me sinta culpado se fugir do judeu, meu patrão. Porém o demônio me tenta dizendo que eu use minhas pernas e fuja. Os dois, minha consciência e o demônio, dão bons conselhos. Se eu escutasse minha consciência, ficaria com meu patrão, que é o demônio. Mas se eu fugisse do judeu, estaria seguindo o conselho do demônio! Certamente o judeu é a encarnação do demônio e minha consciência me dá muitos tormentos ao me aconselhar a ficar com o judeu. Acho que acabo de me decidir. O conselho do demônio é mais agradável. Vou correr, demônio.

No meio do caminho, Lancelote encontrou seu pai, o velho Gobbo, para o qual falou sobre as dificuldades de trabalhar para o judeu e a vontade de servir a Bassânio, cuja fama era de tratar muito bem os empregados.

Nesse momento, Lancelote viu chegarem Bassânio com Leonardo e mais dois serviçais. Bassânio dava ordens a um de seus empregados:

– Não se esqueça de que o jantar deve estar pronto até as cinco no máximo. Certifique-se de que estas cartas sejam enviadas, faça com que os uniformes fiquem prontos e diga a Graciano para vir me ver logo.

O velho Gobbo esperou que o criado partisse e se dirigiu a Bassânio:

– Deus o abençoe, senhor! Gostaria de lhe falar. Meu filho

trabalha com o judeu, mas a verdade é que o judeu lhe tem feito muito mal. E, bem... Ele gostaria de servi-lo, senhor.

– Eu o conheço bem – respondeu Bassânio. – Você terá o que quer, Lancelote. Conversei com o seu senhor hoje e ele falou de você. Se quiser deixar um judeu rico e trabalhar para um pobre cavalheiro, você é bem-vindo. Diga então adeus ao seu antigo patrão e vá para a minha casa.

E disse para seus serviçais:

– Deem-lhe um uniforme um pouco melhor do que os dos outros. Certifiquem-se de que fique pronto logo.

– Obrigado, senhor. Até mais tarde – despediu-se Lancelote.

– Até mais tarde – respondeu Bassânio. – Quanto a você, Leonardo, cheque tudo o que foi comprado, por favor. Hoje à noite, tenho um jantar com pessoas que muito estimo. Vá, agora.

– Farei o melhor que puder, senhor. Adeus.

Nesse momento, chegou Graciano.

– Bassânio, preciso lhe pedir um favor. Quero ir com você para Belmonte. Por favor, não negue.

– Graciano, eu permito que você me acompanhe desde que me ouça. Você é tempestuoso e fala alto e de maneira rude. Para nós, essas coisas não parecem falhas, mas em lugares onde as pessoas não o conhecem, seu comportamento pode parecer muito liberal. Tente agir mais seriamente, ou as pessoas em Belmonte irão ter uma impressão errada de mim e vou perder minhas esperanças.

– Senhor Bassânio, me escute. Prometo me comportar bem. Falarei com respeito, não xingarei nem de vez em quando. Carregarei livros de oração em meu bolso e parecerei doce. Observarei meus modos como se estivesse tentando agradar minha avó. Se eu não me comportar bem, nunca mais acredite em mim.

– Veremos como você irá agir, Graciano.

– Bom, devo ir e me juntar a Lourenço e aos outros agora. Nós o visitaremos na ceia.

Os dois se despediram, cada um caminhando para um lado.

6
Presságio funesto

Na casa do judeu, Jéssica, filha de Shylock, se despedia de Lancelote.

– Estou triste que você vá deixar meu pai, Lancelote. Nossa casa é um inferno e você é o alegre demônio que a ajuda a melhorar. Mas adeus. Tome, aqui tem um ducado para você. Em breve, você encontrará com Lourenço no jantar. Veja, leve esta carta para ele. Faça-o com discrição. E vá logo. Não quero que meu pai me veja conversando com você.

– Adeus, doce Jéssica. Não duvido que um cristão faça algo de errado e roube-a para si. Minhas lágrimas mostram meus sentimentos, mas devo me controlar, afinal, homens não devem chorar... – disse Lancelote, emocionado, e partiu.

Jéssica começou a rememorar os planos de sua fuga com Lourenço. Estava receosa e temia estar cometendo um pecado por querer abandonar seu pai. No entanto, considerava o fato de que seus laços eram apenas sanguíneos, pois ela sempre pensou e agiu muito diferente do judeu.

Seus pensamentos foram interrompidos pelo barulho da chegada de Shylock, que estava acompanhado de Lancelote. O judeu encontrara o rapaz no caminho e ficara sabendo sobre sua ida para a casa de Bassânio. O judeu dizia a ele, na porta da casa:

– Bem, seus olhos serão o seu juiz. Verá a diferença entre trabalhar para o velho Shylock e para Bassânio. Ó, Jéssica! – o judeu chamou sua filha. – Não vá comer feito um porco como comia aqui – continuava Shylock, conversando com Lancelote. – Ó, Jéssica! E dormir e roncar e estragar suas roupas novas. Jéssica, estou chamando! – insistiu Shylock.

– Jéssica! – chamou Lancelote.

– Quem lhe pediu para chamá-la? Eu não lhe pedi para chamá-la.

– O senhor gostava de me dizer que eu não fazia nada sem ser mandado...

Nesse momento, Jéssica chegou:

– Chamou, meu pai? O que o senhor deseja?

– Convidaram-me para um jantar, Jéssica, aqui estão as chaves. Não queria ir, eles estão apenas me bajulando. Mas devo ir e estou preocupado, Jéssica. Minha menina, tome conta da casa esta noite. Algo de errado está para acontecer porque sonhei com sacolas de dinheiro a noite passada.

– Eu lhe imploro, senhor – disse Lancelote a Shylock. – Meu jovem patrão o espera para o jantar. E eles estão planejando uma mascarada.

– Mascarada? – interrompeu Shylock, muito mais do que assustado. – Escute, Jéssica, quando você ouvir o tambor e os guinchos desagradáveis da flauta, não suba às janelas. Não ponha a cara para fora para ver os estúpidos cristãos com os rostos mascarados. Tranque as janelas. Juro, não tenho nenhuma vontade de sair hoje à noite, mas irei, Lancelote.

– Irei antes para avisar o meu patrão, senhor – respondeu Lancelote. E disse para Jéssica, discretamente: – Senhorita, preste atenção à mascarada. Haverá um cristão que valerá o olhar de uma judia.

Lancelote partiu em direção à casa de Bassânio.

Logo em seguida, Shylock partiu também. Preocupado com seu mau sonho e com sua casa, reiterou à Jéssica que cuidasse dela, prometendo que voltaria o quanto antes.

7

A fuga

A mascarada ia começar. Graciano e Salério, vestidos a caráter e usando máscaras coloridas, esperavam por Lourenço debaixo de um telhado.

Graciano comentava que estava surpreso com a demora do amigo, pois acreditava que os apaixonados, ao contrário do companheiro, costumavam chegar antes do horário marcado. Algum tempo depois, Lourenço chegou, pediu desculpas pelo atraso e prometeu que iria ser paciente com os amigos quando estes precisassem roubar suas noivas também.

– Vejam – apontou Lourenço para uma casa próxima –, meu pai judeu mora aqui. Quem está aí dentro? – ele gritou.

Jéssica apareceu na janela, vestida em trajes masculinos.

– Lourenço, meu amor, é você! Espere um pouco. Aqui. Tome. Apanhe esta arca. Vale o sacrifício. Fico feliz que seja noite, assim você não me verá vestida como um garoto.

– Desça, Jéssica. Você irá carregar a tocha para mim na mascarada.

– Mas se eu carregar a tocha, todos verão o que estou fazendo, e eu estou me escondendo! Bem... Deixe-me pegar mais alguns ducados e voltarei em alguns minutos.

– Nossa! – exclamou Graciano. – Ela é tão maravilhosa que nem parece uma judia.

– E eu a amo loucamente – disse Lourenço. – Jéssica é sábia, bela e verdadeira. E leal. Ela sempre terá um lugar em meu coração. Vamos, rapazes. Nossos companheiros de mascarada nos aguardam.

E então Lourenço, Jéssica e Salério partiram. Antônio apareceu e encontrou Graciano no escuro da noite. Sem distinguir quem estava lá, ele perguntou:

– Quem está aí?

– Senhor Antônio? – perguntou Graciano.

– Graciano, é você! Onde estão os outros? São nove horas. Nossos amigos estão todos esperando por você. Não vai haver mais mascarada. Está ventando, portanto Bassânio vai embarcar imediatamente. Mandei vinte pessoas para lhe procurar.

– Que boa notícia, estou feliz! Quero viajar esta noite.

E os dois partiram em direção ao porto.

8

Más notícias

Salério e Solânio caminhavam próximo ao Rialto. Salério afirmava que Bassânio e Graciano tinham embarcado, mas que Lourenço não estava entre eles.

– O judeu cruel foi se queixar ao doge. Eles saíram atrás do navio de Bassânio – comentou Solânio.

– Entretanto, eles chegaram ao porto tarde demais – respondeu Salério. – O navio já estava partindo. Mas lá o doge ficou sabendo que Lourenço e Jéssica foram vistos em uma gôndola. E Antônio lhe garantiu que o casal não estava no navio de Bassânio.

– Nunca tinha ouvido emoções tão confusas, coléricas, violentas como aquelas que foram gritadas nas ruas por aquele judeu cachorro – falou Solânio. – "Ah, minha filha, meus ducados! Ah, minha filha fugiu com um cristão! Ah, meus ducados cristãos! Justiça, lei, meus ducados, minha filha! As sacolas cheias de ducados, joias e duas pedras ricas e preciosas, roubadas por minha filha! Ela roubou as pedras e os ducados" – vociferava o judeu em desespero.

– Eu sei, Solânio. Todos os garotos de Veneza o seguem gritando "as pedras dele, a filha dele, os ducados dele".

– Espero que Antônio consiga pagar seu empréstimo a tempo ou ele sofrerá por causa disso – disse Solânio.

– Bem lembrado, Solânio. Conversei com um francês ontem e ele me disse que um navio veneziano, cheio de riquezas, afundou no Canal da Mancha. Eu pensei no navio de Antônio e desejei em silêncio que não fosse o mesmo.

– Talvez fosse melhor dizer a Antônio o que você ouviu, mas com cautela, para não transtorná-lo.

– Não há um cavalheiro mais gentil em todo o mundo

– emendou Salério. – Vi quando Bassânio e Antônio se despediram. Bassânio lhe disse que iria tentar voltar logo, porém Antônio respondeu a ele para não se preocupar e ficar até que tudo estivesse terminado. Quanto à promissória do judeu, ele pediu a Bassânio que não perturbasse sua mente cheia de amor com isso e insistiu para que ele desse continuidade aos seus planos de conquista amorosa. Então seus olhos ficaram cheios de água e ele desviou o rosto para longe. E, com afeição, apertou a mão de Bassânio. E assim se separaram.

– Estou realmente preocupado com Antônio – afirmou Solânio. – Vamos encontrá-lo e animá-lo.

– Sim, vamos – respondeu Salério.

9

O príncipe de Aragão

No castelo de Pórcia, o príncipe de Aragão, um novo pretendente, cumprira seu juramento e caminhava resoluto para a saleta onde se encontravam as arcas.

– Rápido, rápido, eu lhe peço – dizia Nerissa a um serviçal. – Abra as cortinas logo. O príncipe de Aragão quer fazer sua escolha agora.

As trombetas tocaram anunciando a entrada do príncipe na sala onde ficavam as arcas, seguido de seu séquito e de Pórcia.

– Veja – dizia Pórcia ao príncipe –, aqui estão as arcas. Se você escolher aquela que contém o meu retrato, nos casaremos imediatamente. Mas, se você errar, deverá partir imediatamente sem dizer uma palavra sequer.

– Juro que observarei as três coisas – afirmou o príncipe. – Primeiramente, nunca revelar a ninguém a arca que escolhi;

depois, se eu escolher a arca errada, nunca mais me casar em toda a minha vida; e, finalmente, uma vez tendo escolhido a arca errada, prometo ir embora no mesmo instante.

– Todos que aqui vêm para tentar me ganhar por meio desse jogo devem jurar obediência a essas três coisas – ajuntou Pórcia.

– Boa sorte para meu coração esperançoso! – exclamou o príncipe. – Ouro, prata e chumbo. "Quem me escolher terá que dar e arriscar tudo o que tem." Esta arca deveria ser mais bela para eu dar ou arriscar tudo. O que diz a arca dourada? Ah, deixe-me ver. "Quem me escolher terá o que muitos homens desejam." Esse "muitos" pode querer dizer que muitas pessoas são tolas e escolhem aquilo que atrai seus olhos. Elas não vão além do que seus olhos veem, não se preocupam em descobrir o que está lá dentro. Logo, não vou escolher o que a multidão bárbara escolheria. Deixe-me ler o que está escrito na arca de prata: "Quem me escolher terá o que merece". Muito bem dito também, porque quem enganaria a sorte para obter mais do que merece? Ninguém teria tal honra se não a merecesse. Ah, não seria grandioso se as propriedades, as classes sociais, as posições oficiais e outras honras fossem adquiridas por mérito e não por meio da corrupção? Penso, neste momento, nos corruptos que fazem uso de meios ilícitos para conseguirem o que querem. E nos humildes honestos e trabalhadores. Sim, os pobres poderiam ser respeitados e os ricos poderiam perder sua importância se não fossem honrados. Porque a honra seria obtida somente por aqueles que têm dignidade e então a corrupção não atuaria... Gosto do que esta arca diz. Dê-me a chave. Vou conhecer meu destino aqui – disse o príncipe de Aragão, abrindo a arca.

– Muitos pensamentos, se levarmos em consideração o que você irá encontrar aí – refletiu Pórcia.

– O que é isso? – perguntou o príncipe, ofendido. – A figura de um idiota apresentando um papel para eu ler! Não se parece com Pórcia. Este resultado não é o que eu esperava ou o que eu mereço. Não merecia mais do que a cabeça de um idiota?

– Ofender e julgar são tarefas distintas, de naturezas opostas – respondeu Pórcia.

– O que diz aqui? – perguntou o príncipe. E leu:

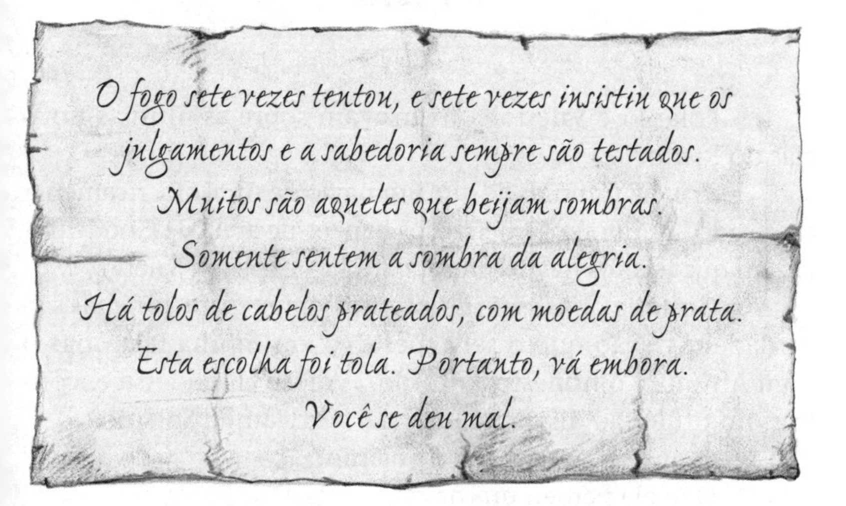

O fogo sete vezes tentou, e sete vezes insistiu que os julgamentos e a sabedoria sempre são testados.
Muitos são aqueles que beijam sombras.
Somente sentem a sombra da alegria.
Há tolos de cabelos prateados, com moedas de prata.
Esta escolha foi tola. Portanto, vá embora.
Você se deu mal.

– Cheguei a Belmonte com uma cabeça de bobo e saio com duas... Amada, *adieu*! Cumprirei meu juramento e suportarei minha raiva pacientemente.

Ditas essas palavras, o príncipe partiu com sua comitiva. Todavia, aquele dia prometia ser cheio de acontecimentos. Nem bem o príncipe de Aragão deixou Belmonte e um serviçal foi falar com Pórcia. Ele estava eufórico e informava que um jovem veneziano havia chegado para anunciar a vinda de seu senhor, que a saudava polidamente com presentes valiosos.

– Nunca tinha visto um candidato tão promissor para a senhora – disse o serviçal.

– Eu lhe imploro, não diga mais nada – pediu Pórcia. – Você elogia tanto esse homem que receio que seja um parente seu. Vamos, venha, Nerissa. Estou ansiosa para ver esse homem que nos visita com tanta gentileza.

– Espero que seja Bassânio quem chega para disputar minha senhora! – proferiu Nerissa em voz baixa.

10

Ruína

Solânio e Salério conversavam sobre as últimas notícias do Rialto.

– Sim, há rumores de que um navio de Antônio, ricamente carregado, afundou nos perigosos bancos de areia de Goodwins. Dizem que muitos navios afundaram lá – explicou Salério.

– Gostaria que esses rumores fossem mentirosos, mas são verdadeiros. Não quero ser repetitivo em minha fala, mas o bom Antônio, o honesto Antônio... Ah, se eu pudesse encontrar um título tão digno quanto ele! – exclamou Solânio.

– O que você quer dizer, Solânio?

– Que ele perdeu um navio.

– Espero que ele perca somente esse – disse Salério.

– Deixe-me dizer "amém" rapidamente antes que o demônio interrompa as minhas preces, porque aí vem ele, disfarçado de judeu. – disse Solânio. E então cumprimentou Shylock, que chegava. – Olá, Shylock, como estão as coisas? Quais são as notícias entre os mercadores?

– Ninguém sabia tão bem quanto você dos planos de fuga de minha filha – acusou Shylock.

– É verdade. Eu até conheci o alfaiate que fez as asas com que ela voou – respondeu Salério.

– É natural que os filhos deixem os pais – acrescentou Solânio.

– Ela vai ser amaldiçoada por isso – proferiu Shylock.

– É verdade... Se o próprio demônio a julga... – insinuou Salério.

– Minha própria carne e sangue se rebelaram contra mim! – prosseguiu Shylock.

– Vocês dois são muito diferentes, Shylock. Sua carne e

sangue não são os mesmos de sua filha – retrucou Salério. – Mas diga-nos, você ouviu alguma coisa sobre a perda que Antônio sofreu no mar?

– Esse é outro mau negócio que fiz! – queixou-se Shylock. – Um falido, um mão-aberta, que agora tem que esconder sua cabeça no Rialto, um pedinte que parecia um convencido na frente dos outros mercadores. Deixe que ele pense sobre sua dívida. Ele gostava de me tratar mal. Deixe que ele pense bem na dívida que tem comigo. Costumava emprestar dinheiro como um favor entre os cristãos... Deixe que ele pense em sua própria dívida.

– Mas você vai tirar-lhe a carne se ele não puder pagar? Para que lhe serviria ela? – perguntou Salério, seriamente preocupado.

– Como isca de peixe – respondeu Shylock. – Mas se não alimentar nada mais, alimentará minha vingança. Ele me insultou e me custou meio milhão de ducados. Ria de minhas perdas, fazia pouco de meus ganhos, humilhava minha raça, colocava meus amigos contra mim, atiçava meus inimigos, e por quê? Porque sou judeu. Judeu não tem olhos? Judeu não tem mãos, órgãos, dimensões, sentidos, sentimentos, paixões? Judeu não come a mesma comida, se machuca com as mesmas armas, adoece com as mesmas doenças, se cura com o mesmo remédio, sente calor no verão, frio no inverno, como qualquer cristão? Se nos furam, não sangramos? Se nos fazem cócegas, não rimos? Se nos envenenam, não morremos? E se nos tratam mal, não tentaremos nos vingar? Se somos iguais a vocês em tudo o mais, seremos como vocês nisso. Se um cristão ofende um judeu, que punição lhe será dada se ele seguir o exemplo cristão? Vingança! Eu vou lhes tratar tão mal quanto vocês cristãos me trataram, e vocês terão sorte se eu não me sair melhor do que aqueles que me ensinaram.

Shylock estava enfurecido. Porém foi interrompido pela chegada de um serviçal que vinha falar com Solânio e Salério. O serviçal trazia um recado de Antônio, que pedia a presença dos dois. Todos se foram, exceto Shylock. Tubal, um judeu amigo de Shylock, chegou logo depois. Ele trazia notícias do naufrágio de um navio de Antônio que voltava de Trípoli. Essa notícia serviu para atiçar em Shylock sentimentos ainda maiores de vingança. Por outro lado, o judeu entrou em desespero quando soube que sua filha fora vista em Gênova e que gastara oitenta ducados em uma só noite.

– Fui a muitos lugares até ter notícias dela, mas não consegui encontrá-la – reportou Tubal.

– Ah, ah, ah! Um dos meus diamantes roubados me custou dois mil ducados na feira de Frankfurt, Tubal! Nunca uma maldição havia caído sobre nossa nação até agora! Nunca a tinha sentido até agora... Dois mil ducados naquele diamante, além de outras joias muito preciosas. Preferiria minha filha morta aos meus pés com as joias em suas orelhas! Preferiria que ela estivesse num caixão aqui, com os ducados dentro dele! Não tem notícias daqueles dois? Por quê? E eu nem sei quanto estou gastando para encontrá-los. Perda atrás de perda! O ladrão partiu com tanto e eu estou gastando outro tanto para caçá-lo... E ainda não estou satisfeito, não me vinguei. A única sorte que tenho é azar. Ninguém está sofrendo, mas eu estou. Ninguém está chorando, exceto eu.

– Um homem me mostrou um anel que ela lhe dera em troca de um macaco – contou Tubal.

– Ah, você cravou um punhal em mim! – respondeu Shylock, desconsolado. – Maldita seja ela! Você está me torturando, Tubal. Esse era meu anel de turquesa, que minha falecida esposa me deu quando eu ainda era solteiro. Jamais iria me desfazer dele, nem por toda uma selva de macacos.

– Calma, homem. Trago boas notícias também, Shylock. Estive em Veneza com muitos credores de Antônio que afirmaram que ele não será capaz de evitar a falência.

– Estou muito feliz com isso. Vou atormentar Antônio. Vou torturá-lo. Estou feliz! – exclamou Shylock. – Tubal, vá e me arranje um oficial de polícia. Combine com ele que dentro de uma quinzena Antônio deverá ser preso. Tomarei o coração de Antônio se ele não puder pagar. Com ele fora de Veneza, poderei negociar o que bem entender. Vá, Tubal. Encontre-me na sinagoga.

E os dois partiram apressados.

11

Bassânio

Bassânio havia aportado em Belmonte e levava consigo uma grande e bela comitiva.

No castelo de Pórcia, Bassânio, acompanhado de Graciano, foi imediatamente recebido pela bela dama.

– Eu lhe peço, espere mais um dia ou dois antes de fazer sua escolha – suplicou Pórcia. – Se você escolher errado, perderei sua companhia. Portanto, espere um pouco. Algo me diz que não quero perdê-lo e você sabe que se eu o odiasse, não pensaria desta forma. Deixe-me explicar melhor, caso você não tenha entendido, embora eu saiba que jovens puras como eu não deveriam expressar seus pensamentos. Só estou dizendo que gostaria que você ficasse aqui mais um mês ou dois antes de fazer o teste. Não posso lhe dizer como escolher corretamente, visto que fiz um juramento. Nunca o farei. Mas você pode me perder se fizer a escolha errada. E aí eu teria pensamentos ruins. Ah, gostaria de ter ignorado o juramento e ter lhe dito tudo. Meu Deus, seus olhos me enfeitiçaram. Dividiram-me em duas. Uma metade é sua e a outra, que é minha também, pertence a você. Se ela é minha, é sua; então, sou toda sua. Mas nos dias de hoje as pessoas não têm direito nem mesmo à sua própria propriedade! Então, embora sendo sua, não pertenço a mim mesma. E se não houver uma chance de ser sua, será um azar. Sei que estou falando muito, mas o faço para esticar o tempo e adiar seu teste.

– Deixe-me escolher agora, Pórcia. Sinto-me torturado com todas essas palavras.

– Torturado, Bassânio? Então confesse seu crime. Conte-nos sobre a traição que você misturou com seu amor.

– A única traição de que sou culpado é a de temer nunca

gozar o meu amor. Traição não tem nada a ver com amor. São coisas opostas – respondeu suavemente Bassânio.

– Hum, não estou certa de que acredito no que você me diz. Homens sob tortura confessam qualquer coisa.

– Prometa que me deixará viver e confessarei a verdade – brincou Bassânio.

– Está certo. Então confesse e viva.

– "Confesse e ame" seria mais apropriado – respondeu Bassânio. – Ah, a tortura é diversão quando o meu torturador me diz o que devo dizer para ficar livre! Mas deixe-me tentar minha sorte nas arcas.

– Vá em frente, então, Bassânio. Estou trancada dentro de uma delas. Se você realmente me ama, irá me encontrar. Nerissa e todos vocês, fiquem longe dele. Toquem música enquanto ele escolhe. Que essa música represente o som do sino da igreja, que toca ao raiar do sol, chamando o noivo para o casamento.

A música começou a tocar enquanto Bassânio observava as arcas. O cantor acompanhava a melodia.

"Diga-me onde os desejos começam
no coração ou na cabeça?
Como são criados, como se mantêm?
Os desejos começam nos olhos,
são sustentados pela contemplação,
eles morrem muito cedo.
Choremos nossos desejos mortos.
Eu começarei... Ding, dong, blem, blem, blem...
E o sino toca."

Todos cantaram o final juntos:

– Ding, dong, blem, blem, blem... E o sino toca.

Terminada a música, todos os olhares se dirigiram a Bassânio, que, pensativo, refletia sobre as aparências. Disse ele:

– Não se pode julgar um livro pela capa. As pessoas comumente se deixam levar pelas aparências. Na corte, uma voz bela pode estar escondendo um pleito falso. Na religião, vemos homens sérios defendendo pecados empunhando as Escrituras. Todo pecado pode ser manipulado e se tornar bom de alguma forma. Cachos dourados movem-se de maneira bela ao vento e fazem uma dama linda. Mas esse tipo de cabelo pode ser comprado como peruca, e perucas são feitas dos cabelos dos mortos. Hoje em dia, todos nós somos enganados pelas aparências. Portanto, não escolherei a arca de ouro. Ouro, que o rei Midas não podia comer. Tampouco me interessa a pálida prata, que faz as moedas comuns. Mas esta humilde arca de chumbo, embora pareça ameaçadora demais para me prometer algo de bom, me toca mais do que posso dizer. Então é esta arca que escolho. Espero ser feliz em minha escolha!

Emocionada, Pórcia sentiu que todas as suas dúvidas, desesperos, medos e ciúmes desapareciam. Ela vivia aqueles instantes fortemente e se preocupava em refrear aqueles sentimentos tão intensos sob pena de enlouquecer, adoecer...

Bassânio abriu a arca de chumbo.

– O que temos aqui? Um retrato da bela Pórcia! O artista

que o fez capturou lindamente a semelhança. Esses olhos parecem se mover, sua doce respiração força seus lábios a se abrirem. E veja seus cachos dourados, que parecem uma armadilha para os corações dos homens, homens esses que são pequenas moscas voejando em uma teia de aranha. O pintor-aranha criou esse retrato de maneira magnífica! Mas esse retrato não é mais do que uma tênue imitação da mulher verdadeira... Bem, vejamos o que diz este pergaminho sobre minha sorte:

Você não julga apenas pelas aparências,
tem mais sorte e faz a escolha certa.
Já que o prêmio é seu, fique feliz com ele.
Se você ficar feliz com o que ganhou
e aceitar o prêmio como um destino abençoado,
então vire-se para onde sua dama está,
e reivindique-a com um beijo apaixonado.

– Bela mensagem, minha senhora. Esta mensagem me autoriza a me dar inteiramente a você com um beijo, mas estou no ar, sem entender se realmente ganhei. Aqui permaneço esperando que você me diga se tudo isto é verdade.

– Senhor Bassânio, estou aqui e quem você vê agora não é uma mulher bela e imensamente rica, valorosa, cheia de qualidades. O que você ganhou é uma garota inocente e inexperiente. Estou feliz por ser jovem e poder aprender coisas novas. Estou ainda mais feliz por não ser tola e poder aprender. Estou mais feliz ainda porque sou sua, agora, meu senhor, meu rei, e você poderá me guiar como quiser. Tudo o que sou e o que tenho pertence a você. Esta mansão, os criados, tudo o que era meu, agora é seu. E lhe dou tudo isso com este anel. Ele simboliza a nossa união, o nosso amor. Logo, ele é muitíssimo valoroso. Portanto, preste atenção. Se alguma vez você der este anel a alguém ou perdê-lo, significará que nosso amor estará condenado, e terei o direito de me enfurecer com você.

Pórcia deu o anel a Bassânio, que o recebeu ainda confuso ante todos os acontecimentos, porém afirmando que o dia em que tirasse o anel do dedo seria o dia de sua morte.

Nerissa cumprimentou os noivos, assim como Graciano. Este, por sua vez, pediu a Bassânio permissão para casar-se com Nerissa no mesmo dia em que ele e Pórcia se casariam. Graciano disse que tinha se apaixonado pela jovem logo na primeira vez em que a vira, e que tinha contado à moça seus sentimentos, sendo plenamente correspondido.

– Verdade, Nerissa? – perguntou Pórcia.

– Sim, senhora – respondeu Nerissa.

– É verdade o que diz, Graciano? – perguntou Bassânio.

– Sim, senhor.

– Então será uma honra termos um casamento duplo – afirmou Bassânio.

– E vamos apostar quem terá o primeiro filho – ajuntou alegremente Graciano.

Nesse momento, Lourenço, Jéssica, Salério e um mensageiro chegaram de Veneza. Eles tinham viajado juntos e Salério trazia uma carta de Antônio endereçada a Bassânio. Salério informou a Bassânio que Antônio estava muito preocupado porque estava com problemas sérios. Bassânio leu a carta e empalideceu. Pórcia se preocupou com a reação de Bassânio e pediu esclarecimentos. Bassânio disse:

– Ah, doce Pórcia, estas são as piores palavras que já mancharam um pedaço de papel. Querida, quando dei meu amor a você, disse-lhe que era nobre, mas não tinha dinheiro. Minha querida, na verdade é ainda pior do que lhe disse. Pedi dinheiro emprestado a um amigo, que, por sua vez, o pediu emprestado a seu inimigo mortal para me favorecer. Aqui está a carta, minha cara. Mas é verdade, Salério? Ele perdeu todos os seus negócios? Nenhum deu certo? Ele tinha navios em Trípoli, México, Inglaterra, Lisboa, África do Norte e Índia. Nenhum desses navios se livrou dos rochedos?

– Nenhum, senhor – respondeu Salério, desolado. – Mesmo assim, se ele tivesse o dinheiro agora, o judeu provavelmente não o aceitaria. Nunca vi alguém com tanta vontade de destruir um homem. Ele vai ao doge dia e noite, e nem o doge, os mercadores e os magistrados de Veneza conseguiram persuadi-lo a esquecer o contrato. Ele está determinado a receber o que lhe é de direito, que está especificado no contrato feito com Antônio.

– Quando morava com ele – informou Jéssica – ouvi-o jurar a Tubal, seu amigo, que preferiria ter a carne de Antônio a receber vinte vezes a soma que este lhe devia. A menos que a lei intervenha, Antônio se dará mal.

– Bassânio, quanto ele deve ao judeu? – perguntou Pórcia.

– Três mil ducados – respondeu Bassânio.

– Só isso? Pague seis mil ducados e cancele a dívida. Ou mais. Eu faria qualquer coisa para ajudar um amigo. Façamos o seguinte, Bassânio. Casemos primeiro e depois você irá a Veneza ter com seu amigo. Deverá ser assim, porque você não se deitará com Pórcia enquanto tiver uma alma inquieta. Eu lhe darei ouro suficiente para pagar essa dívida vinte vezes. Quando tiver pago, traga seu amigo aqui. Enquanto isso, eu e Nerissa viveremos como virgens e viúvas. Mas leia a carta de seu amigo para mim, Bassânio.

Bassânio a leu:

– "Querido Bassânio, todos os meus navios naufragaram. Meus credores se tornaram avarentos. Meu dinheiro quase todo se acabou. Não pude pagar o judeu na data estipulada. Como sei que vou morrer quando ele tirar o pedaço de carne de meu corpo, todas as dívidas entre nós estarão quitadas se eu puder vê-lo novamente antes de morrer. De qualquer forma, faça o que quiser. Se minha afeição por você não convencê-lo a vir, que esta carta não o faça."

– Ah, meu querido! – exclamou Pórcia. – Faça suas malas e parta!

– Sim, eu o farei rapidamente – respondeu Bassânio. – Não dormirei enquanto não voltar.

12
Na cadeia

Nesse meio tempo, em Veneza, Shylock finalmente conseguira o seu intento: punir Antônio, levando-o à cadeia.

– Carcereiro – dizia Shylock –, fique de olho nesse aí. Não tente me convencer a sentir pena dele. Esse é o estúpido que emprestava dinheiro sem cobrar juros.

– Escute-me, bom Shylock – implorava Antônio.

– Vou cobrar minha promissória, nem pense em dizer algo contra minha ideia. Fiz um juramento e vou cobrá-lo. Você me chamava de cachorro muito antes de ter um motivo. Mas já que sou um cachorro, cuidado com minhas presas. O doge será justo. Eu me pergunto, carcereiro, como você pode ser tão estúpido e deixar esse prisioneiro fora da cela?

– Por favor, me escute, Shylock – insistia Antônio.

– Eu quero minha promissória. Não vou ouvi-lo. Quero minha promissória, portanto pare de falar. Não vou agir como um tolo que suspira e cede a cristãos intercessores. Não me siga, não falo com você. Quero minha promissória.

Dizendo isso, Shylock partiu.

– Ele é o cão mais teimoso que já viveu entre os homens – afirmou Solânio, que também se encontrava ali.

– Deixe-o – pediu Antônio. – Não vou mais sair atrás dele suplicando. Ele me quer morto. Sei o verdadeiro motivo. Sempre dei dinheiro às pessoas que não conseguiam pagar as dívidas que tinham com ele. É por isso que ele me odeia.

– Tenho certeza de que o doge nunca permitirá o cumprimento desse contrato – consolou-o Solânio.

– O doge não pode ir contra a lei – respondeu Antônio. – Tal atitude ameaçaria a segurança de todos os mercadores estrangeiros de Veneza, e a cidade depende do dinheiro deles também. Se o governo desconsiderar a lei, ficará desacreditado. Portanto, vá. Perdi tanto peso me preocupando com minhas perdas que será difícil ter uma libra de carne para dar ao meu credor sangrento amanhã. Só peço a Deus que Bassânio venha me ver e pague sua dívida. Depois disso, nada mais importa.

13

Pórcia e Nerissa vão a Veneza

Em Belmonte, Lourenço e Pórcia conversavam.

– Senhora – dizia Lourenço –, espero que não se importe que eu diga que admiro seu nobre respeito à amizade, ao permitir que seu marido parta para ajudar um amigo dessa maneira. Se a senhora conhecesse o homem que Bassânio está ajudando, quão confiável ele é e o quanto ele ama seu marido, sei que ficaria ainda mais orgulhosa de sua gentileza.

– Nunca me arrependi de fazer o bem e não será agora que me arrependerei – respondeu Pórcia. – Amigos que passam muito tempo juntos se preocupam verdadeiramente um com o outro e têm traços em comum. Como Antônio é o melhor amigo de meu marido, eles devem ser homens parecidos. Nesse caso, o dinheiro que enviei para resgatar alguém que se assemelha ao meu Bassânio, que é minha alma, é pouco. Mas mudemos de assunto. Lourenço, por favor, cuide de minha casa até que meu marido retorne, porque jurei a Deus viver uma vida de orações e contemplação. Apenas Nerissa me fará companhia. Existe um monastério a duas milhas daqui onde podemos ficar. Por favor, diga que concorda, pois realmente preciso que você faça isso.

– Senhora, farei tudo o que me pedir – respondeu Lourenço.

– Já falei com meus empregados sobre isso. Eles irão respeitá-lo e a Jéssica como os senhores da casa. Bom, era tudo o que eu tinha a lhes dizer. Devo partir. Então, até breve.

– Até breve – responderam Lourenço e Jéssica, que o acompanhava. E depois se retiraram.

Pórcia, a sós, entregou uma carta a seu servo Baltasar, pedindo que ele a levasse para Pádua o mais rápido possível, para o primo de Pórcia, Belário, doutor de leis. Ela o instruiu para que pegasse as roupas e papéis que Belário lhe daria, levando-as para a balsa que ligava Veneza a Belmonte.

– Vá, rápido. Eu o encontrarei na balsa – disse ela.

Após a partida de Baltasar, Pórcia disse a Nerissa que as duas iriam rever seus maridos antes que eles tivessem a chance de sentir a falta delas. Elas iriam a Veneza disfarçadas de homens. Pórcia ainda disse que seria o mais belo deles e agiria como um jovem que fala de muitas namoradas, e que esperava atitude semelhante de Nerissa. Ante o espanto da jovem, Pórcia, bem-humorada, prometeu explicar-lhe seus planos durante a viagem.

14
O julgamento

O doge e os Magníficos, os mais importantes nobres de Veneza, se reuniram para constituir o Tribunal de Justiça. Geralmente era o doge quem julgava os casos ordinários de pleitos, reclamações e disputas. Contudo, o caso do mercador Antônio e do judeu Shylock era muito delicado, logo necessitava de uma atenção especial. Dessa forma, os Magníficos foram convidados a participar do julgamento e a intervirem caso houvesse necessidade.

Antônio acabara de chegar. Viera acompanhado de Bassânio, Graciano e Salério, dentre outros companheiros.

– Antônio está presente? – interrogou o doge em voz alta.

– Sim, senhor. Estou aqui.

– Tenho pena de você, Antônio. Você está aqui para enfrentar um inimigo cruel, um miserável desalmado, incapaz de piedade, sem o menor sentimento de compaixão.

– Senhor doge – respondeu Antônio –, me disseram que o senhor tem feito tudo o que pode para demovê-lo do seu intento. Mas já que ele se mantém irredutível, e não há uma maneira legal de proteger-me dessa malignidade, terei que aceitar o que ele irá fazer comigo. Estou pronto para sofrer pacificamente a tirania dele.

– Alguém chame o judeu a este tribunal – ordenou o doge.

– Ele está à porta, pronto para entrar. Aí vem ele, senhor – anunciou Salério.

Shylock entrou.

– Deem espaço para que ele possa ficar na minha frente – pediu o doge. – Shylock, todos pensam, e eu concordo, que você está apenas fingindo ser cruel. Eles acham que no último minuto você irá agir com misericórdia e remorso, que será mais surpreendente do que a crueldade bizarra que vem demonstrando agora. E embora você esteja aqui para cobrar a multa, que é uma libra da carne desse pobre mercador, eles pensam que você não só esquecerá a multa como também, por amor ao próximo, perdoará parte do montante que ele lhe deve. Ao fazê-lo, você demonstrará ter pena dele, por conta de suas muitas e recentes perdas, que foram grandes o suficiente para tirar o maior mercador do comércio. Nós todos esperamos por uma boa resposta sua, judeu.

– Eu lhe disse o que pretendo fazer e jurei pelo que me é sagrado que irei cobrar a multa de acordo com o contrato – insistiu Shylock. – Se o senhor não permitir que eu o faça, a liberdade de sua cidade correrá perigo. O senhor me perguntará por que eu prefiro receber uma libra da carne de uma carcaça a receber três mil ducados. Não responderei a isso. Vamos dizer que é minha vontade. É uma resposta satisfatória? E se eu tivesse um rato em minha casa e tivesse vontade de pagar dez mil ducados para tê-lo exterminado? Sua pergunta está respondida? As pessoas são diferentes, têm gostos diferentes e muitas vezes não têm como explicar o porquê de suas atitudes. Portanto, não tenho como dar um motivo, e não vou dá-lo. Na verdade, não existe outro que não seja simplesmente o ódio e a ojeriza que sinto por Antônio. Sua pergunta está respondida?

– Não há resposta, homem sem coração! – exclamou Bassânio. – Não há desculpa para seu comportamento cruel.

– Não tenho obrigação de agradá-lo com minhas respostas – respondeu Shylock.

– Todas as pessoas matam o que não amam? – perguntou Bassânio.

– Alguém odeia algo que não mataria? – emendou Shylock.

– Não gostar não é o mesmo que odiar – respondeu Bassânio.

– Você deixaria que uma cobra o picasse duas vezes? – insistiu Shylock.

– Não perca tempo brigando com o judeu, Bassânio –

interrompeu Antônio. – Seria como ir à praia e pedir ao oceano para ficar menor. Você poderia fazer o impossível, porém não conseguiria abrandar o coração do judeu. Portanto, lhe imploro, não faça mais ofertas, não tente pará-lo. Deixe que eu receba a minha punição e o judeu, a sua multa.

– Em vez dos seus três mil ducados, aqui tem seis mil – ofereceu Bassânio.

– Se você oferecesse seis vezes essa quantia, ainda assim não aceitaria – respondeu Shylock.

– Como pode esperar que um dia alguém tenha piedade de você, se você não tem nenhuma? – perguntou o doge.

– Por que ter medo do julgamento do senhor, se não fiz nada de errado? – perguntou Shylock. – Muitos dos senhores aqui presentes têm escravos que utilizam para fazer serviços horríveis porque os senhores os compraram. Deveria dizer aos senhores então "Liberte-os! Deixe que eles se casem com suas filhas!". Por que os senhores os fazem trabalhar tanto? Por que não permitem que as camas deles sejam tão macias quanto as suas, e que eles comam a mesma comida dos senhores?

Não, os senhores responderão: "Os escravos são nossos". E é exatamente o que respondo aos senhores. A libra de carne que quero dele me custou muito caro. É minha e vou tê-la. Se o senhor recusar, as leis de Veneza não terão validade. Espero por justiça. Responda-me, vou tê-la?

– Tenho autoridade para suspender esta corte, a menos que Belário venha hoje – pronunciou o doge. – Ele é um grande especialista em leis, e lhe pedi que viesse aqui resolver esta questão.

– Senhor – interrompeu Salério –, um mensageiro o aguarda lá fora e traz cartas de Belário. Acaba de chegar de Pádua.

– Traga as cartas e chame o mensageiro – pediu o doge.

– Anime-se, Antônio! Coragem, homem! – exclamou Bassânio, esperançoso.

– Sou como o carneiro doente do rebanho, aquele que merece morrer – respondeu Antônio. – Bassânio, o melhor que você faz é viver para escrever o meu epitáfio.

Nesse instante, Nerissa entrou, disfarçada de auxiliar de advogado.

– Você vem do escritório de Belário, em Pádua? – perguntou o doge.

– Sim, senhor. Belário lhe envia seus cumprimentos – disse ela, dando ao doge uma carta.

Enquanto isso, Shylock afiava a sua faca na sola do sapato.

– Por que você está afiando sua faca desse jeito? – perguntou Bassânio.

– Para cortar fora a multa desse homem falido.

– Você está afiando a faca em sua alma, judeu cruel. Orações não alcançam seu coração? – gritou Graciano.

– Nenhuma que venha de você – respondeu Shylock.

– Ah, você vai para o inferno, cão abominável! Você merece a morte! Quase me esqueço de que sou cristão. Você me faz concordar com a opinião de Pitágoras, que diz que almas de animais reencarnam em corpos humanos. Sua alma de cachorro pertenceu a um lobo que foi morto por massacrar humanos! – vociferou Graciano.

– A menos que sua zombaria possa desfazer a minha assinatura no contrato, você só está gastando seus pulmões à toa. Fique quieto ou vai se arruinar. Tenho a lei do meu lado – respondeu Shylock.

– Esta carta de Belário nos recomenda um jovem erudito doutor de leis. Onde está ele? – perguntou o doge.

– Ele aguarda ser chamado lá fora – respondeu Nerissa.

– Vão chamá-lo – ordenou o doge. – Enquanto isso, o secretário lerá a carta a todos aqui.

– "Recebi sua carta, mas estou doente. Coincidentemente, um jovem advogado, que veio de Roma, estava me visitando. Seu nome é Baltasar. Contei-lhe o caso do judeu e do mercador Antônio e consultamos muitos livros juntos. Ele conhece minhas opiniões sobre o assunto e tem as dele também. Eu o envio para julgar esse caso. Peço-lhe que não o subestime por ser jovem. Nunca conheci um jovem com uma mente tão madura. Quando você o puser a teste, verá como Baltasar é sábio e erudito, assinado, Belário."

Nesse momento, Pórcia entrou disfarçada de Baltasar, o advogado.

– Deixe-me cumprimentá-lo, Baltasar – falou o doge. – Então o velho Belário o enviou aqui?

– Sim, senhor – respondeu Pórcia.

– Seja bem-vindo. Sente-se. Está familiarizado com o caso que traz a questão a este tribunal?

– Completamente. Quem é o mercador e quem é o judeu? – perguntou Pórcia.

– Antônio e Shylock, um passo à frente – ordenou o doge.

– Seu nome é Shylock? – perguntou Pórcia.

– Shylock é meu nome.

– Seu caso é incomum, apesar de a lei veneziana não poder impugná-lo – disse ela. E depois, dirigindo-se a Antônio: – Ele tem uma reclamação contra o senhor, correto?

– Assim ele o diz.

– O senhor confessa o contrato?

– Sim – respondeu Antônio.

– Então o judeu deve perdoar.

– Por quê? Diga-me – pediu Shylock.

– Ninguém perdoa porque deve fazê-lo. Apenas acontece, assim como a chuva fina cai na terra. O perdão é uma bênção dupla. Abençoa a quem dá e a quem recebe. É poderoso nos poderosos. O rei representa o poder terreno, a majestade, mas o perdão é superior a tudo o mais. O poder de um rei se assemelha ao poder de Deus quando mistura justiça com perdão. Portanto, embora a justiça seja seu pleito, judeu, considere. Justiça não salvará nossas almas. Rogamos perdão a Deus, logo devemos mostrar perdão aos outros. Falo-lhe essas coisas com a intenção de fazê-lo desistir de seu pleito. Caso o senhor queira prosseguir, esta corte terá que continuar e aplicar a sentença ao mercador aqui.

– Assumo todas as responsabilidades sobre as minhas decisões. Quero a lei, a multa e o cumprimento de meu trato – afirmou decididamente Shylock.

– Ele não pode restituir-lhe o dinheiro? – perguntou Pórcia.

– Sim, eu ofereço pagar-lhe neste momento o dobro da quantia – interveio Bassânio. – Posso assinar um contrato e pagar dez vezes essa quantia caso não seja o suficiente. – E dirigindo-se ao doge: – Eu lhe imploro, use sua autoridade para alterar a lei. Não deixe que esse demônio vença.

– Isso não pode acontecer – respondeu Pórcia. – Não há poder em Veneza que altere um decreto estabelecido. Isso não pode acontecer.

– Um Daniel veio ao julgamento, sim, um Daniel, como o jovem que demonstrou grande sabedoria ao atuar como juiz de Susana, que foi acusada falsamente! Ah, sábio e jovem juiz, muito me honra a sua presença! – exclamou Shylock, satisfeito.

– Shylock, deixe-me rever o contrato – pediu Pórcia. – Obrigado. Shylock, eles lhe oferecem o triplo da quantia que você emprestou.

– Mas eu jurei aos céus. Devo colocar o peso do juramento falso em minha alma? Não por Veneza.

– O dinheiro não foi pago ainda! Logo o judeu pode pleitear legalmente uma libra de carne a ser cortada por ele perto do coração do mercador. Mas, peço-lhe, tenha misericórdia. Aceite o dinheiro e deixe-me rasgar este contrato – insistiu uma vez mais Pórcia.

– Vou rasgá-lo quando estiver pago. O senhor me pareceu um bom juiz. Conhece a lei. Sua explicação fez sentido. Dê seu veredito. Nada vai mudar meu modo de pensar – disse Shylock.

– Imploro que a corte dê o veredito – gemeu Antônio.

– Então prepare-se para a faca – sentenciou Pórcia. – A lei autoriza a sentença, que deverá ser paga conforme o contrato.

– Oh, nobre juiz! Oh, excelente jovem! O senhor é muito mais velho do que aparenta – exclamou Shylock.

– A lei autoriza a cobrança da penalidade, que deve ser paga de acordo com o contrato – afirmou Pórcia.

– É a mais pura verdade. Ah, sábio juiz. O senhor é muito mais vivido do que aparenta! – replicou Shylock.

– Então dispa seu peito, Antônio – ordenou Pórcia.

– Sim, seu peito! É o que está no contrato, não é, juiz? O mais próximo do coração. Estas são as palavras exatas.

– O senhor tem uma balança para pesar a carne, judeu? – perguntou Pórcia.

– Sim, tenho uma aqui.

– Pague um cirurgião para ficar próximo e cuidar dos ferimentos, Shylock, para que ele não sangre até a morte.

– Isso está no contrato?

– Não explicitamente, mas não custaria nada ser caridoso.

– Não estou encontrando. Não está no contrato.

– Mercador, o senhor tem algo a dizer? – perguntou Pórcia.

– Muito pouco. Estou pronto. Dê-me sua mão, Bassânio. Adeus. Não se entristeça pensando que estou nesta situação por sua causa, porque o Destino tem sido bom comigo. Geralmente ele faz com que homens infelizes, que perderam seus bens, cheguem à velhice e tenham uma vida de pobreza. No meu caso, ele me permite evitar essa miséria. Envie meus cumprimentos à sua esposa e diga-lhe como morri e como o amei. Fale bem de mim após a minha morte e peça a ela que julgue se Bassânio realmente teve um amigo – disse Antônio.

– Antônio, casei-me com uma mulher que é tão cara para mim como o é a vida. Mas a vida, minha esposa e todo o mundo não têm mais valor para mim do que a sua vida. Sacrificaria todos a este animal aqui para salvá-lo – falou Bassânio.

– Sua esposa não gostaria de ouvir essa oferta se estivesse aqui – comentou Pórcia.

– Também tenho uma esposa que amo. Mas preferiria que ela estivesse no céu para que ela aqui aparecesse e tivesse algum poder para fazer esse judeu cachorro mudar de ideia! – exclamou Graciano.

– É bom que você faça essa oferta pelas costas dela. Seu desejo poderia se tornar uma briga em casa – ameaçou Nerissa.

– Esses são os maridos cristãos – comentou Shylock. – Tenho uma filha. Preferiria que ela tivesse se casado com um dos descendentes de Barrabás a um cristão! Estamos perdendo tempo aqui. Por favor, dê o veredito – insistiu Shylock.

– Uma libra de carne desse mercador é sua. A lei permite e a corte autoriza isso – afirmou Pórcia.

– Corretíssimo juiz! – exclamou Shylock.

– E o senhor deve cortar a carne do peito dele. A lei assim o permite e a corte assim o sentencia – afirmou Pórcia.

– Que juiz sábio! Vamos, prepare-se – disse Shylock a Antônio.

– Espere um pouco – emendou Pórcia. – Há algo mais. Este contrato aqui não lhe dá direito de nenhuma gota de sangue. As palavras especificam expressamente "uma libra de carne". Então pegue sua multa de uma libra de carne, porém, se o senhor deixar cair uma gota de sangue cristão quando cortá-la, o Estado de Veneza confiscará suas terras e propriedades com base nas leis venezianas.

– Ah, um juiz erudito! – gritou Graciano, triunfante. E para o judeu: – Preste atenção, judeu. Ah, que juiz erudito!

– Essa é a lei? – inquiriu Shylock.

– O senhor pode ver o texto. Aqui está. O senhor pediu justiça, tenha a certeza de que receberá mais justiça do que pediu – afirmou Pórcia.

– Ah, um juiz sábio! – exclamou Graciano, ironicamente. – Preste atenção, judeu. Um juiz sábio!

– Neste caso aceito a oferta – respondeu o judeu. – Pague-me três vezes a quantia do empréstimo e deixe o cristão ir.

– Aqui está o dinheiro – ofereceu Bassânio.

– Espere! – ordenou Pórcia. – O judeu terá justiça. Calma, não se apresse. Ele não irá receber nada além da multa.

– Ah, judeu, que juiz erudito! Que juiz sábio! – ironizou Graciano.

– Prossiga com o corte da carne, judeu – ordenou Pórcia. – Não deixe o sangue jorrar e não corte mais do que uma libra de carne. Se tirar mais ou menos do que uma libra e a balança mudar um milímetro, o senhor morrerá e seus bens serão confiscados.

– Um segundo Daniel! Um segundo Daniel, judeu! Nós o pegamos agora, infiel! – berrou Graciano, vitorioso.

– Por que o judeu está esperando? Tome sua multa – ordenou Pórcia.

– Dê-me o dinheiro e deixe-me ir – sussurrou Shylock.

– Eu o tenho pronto aqui – falou Bassânio. – Aqui está.

– Não, ele o recusou em público, em corte aberta. Receberá somente justiça e sua promissória – acrescentou Pórcia.

– Um Daniel, eu insisto! Um segundo Daniel! – gritou Graciano. Dirigindo-se a Shylock, Graciano provocou-o ainda mais: – Obrigado, judeu, por me ensinar essa palavra.

– Juiz, não vou receber de volta nem os três mil ducados iniciais? – indagou Shylock.

– O senhor só pode ter a sua promissória, judeu – respondeu Pórcia.

– Bem, então espero que o demônio cuide dele! Não vou ficar mais aqui.

– Espere, judeu – ajuntou Pórcia. – A lei ainda tem o que lhe cobrar. As leis de Veneza rezam que se um estrangeiro atentar contra a vida de um veneziano, direta ou indiretamente, deverá dispor de metade de seus bens em benefício daquele que poderia ter sido a vítima. A outra metade de seus bens irá para o Estado. Quanto à vida da pessoa, a decisão cabe ao doge. Portanto, ajoelhe-se e peça ao doge misericórdia.

– Implore pela sentença de enforcamento! Mas se é fato que toda a sua fortuna irá para o Estado, você não terá nem mesmo dinheiro suficiente para comprar uma corda. Portanto, você deverá ser enforcado à custa do Estado – ajuntou Graciano, vitorioso.

– Veja a diferença entre nós – interrompeu o doge. – Eu o perdoo mesmo antes que me peça. Metade de sua fortuna irá para Antônio. A outra metade irá para o Estado. Contudo, se mostrar humildade, posso reduzir essa penalidade para uma multa.

– Sim – acrescentou Pórcia. – A metade do Estado pode ser reduzida, mas não a de Antônio.

– Não, vá em frente e me mate. Não me perdoe – pediu Shylock. – Não conseguirei viver sem minha casa ou sem dinheiro.

– Que misericórdia o senhor terá para com ele, Antônio? – perguntou Pórcia.

– Uma corda grátis, nada além disso, pelo amor de Deus! – berrou Graciano.

– Se o juiz e esta corte permitirem perdoar a multa de metade de suas propriedades – respondeu Antônio –, gostaria de doar a outra metade ao cavalheiro que roubou a filha dele. Apenas peço duas coisas. Primeiro, que Shylock se torne um cristão. E segundo, que ele faça um testamento deixando todos os seus bens a Lourenço e à sua filha quando morrer.

– Ele o fará, sob pena de não obter seu perdão – sentenciou o doge.

– Satisfeito, judeu? – perguntou Pórcia.

– Estou satisfeito – respondeu Shylock.

Pórcia dirigiu-se a Nerissa:

– Escrivão, faça um documento para tornar esta doação oficial. E, Shylock, não parta antes de assinar o documento.

Shylock pediu que mandassem o documento para a casa dele quando estivesse pronto e saiu, alegando que não estava bem. O doge convidou Pórcia para um jantar. A jovem agradeceu, porém declinou o convite, alegando que deveria estar em Pádua ainda naquela noite. O doge lamentou e, dirigindo-se a Antônio, sugeriu que desse ao juiz uma merecida recompensa. Feito isso, o doge se despediu e saiu com sua comitiva.

15

Os anéis

Nada mais tendo a fazer naquele lugar, Pórcia chamou Nerissa para partirem. Bassânio e Antônio se aproximaram das duas jovens e agradeceram a Pórcia efusivamente. Os dois insistiram em dar-lhes os três mil ducados destinados a Shylock em sinal de gratidão. Contudo, Pórcia recusou, dizendo que se considerava bem paga e nunca havia pensado em dinheiro. A única coisa que a jovem pediu é que eles a reconhecessem quando a vissem novamente.

Inconformado com a resposta, Bassânio resolveu insistir. Agradecido que estava com o desfecho feliz, implorou ao jovem juiz que aceitasse uma lembrança como prova de gratidão, já que não queria honorários. Pórcia delicadamente respondeu que não poderia se recusar diante da carinhosa insistência, e então pediu a Antônio que lhe desse suas luvas e a Bassânio o anel que ele usava. Bassânio respondeu que o anel não era algo precioso e disse que ficaria envergonhado em lhe dar tal presente. A moça insistiu, e mais uma vez Bassânio recusou, oferecendo-lhe o anel mais caro de Veneza. Aquele anel lhe era querido, pois sua esposa o havia dado e o havia feito jurar nunca se desfazer dele.

Pórcia replicou que, se sua esposa não fosse louca e soubesse o quanto o juiz merecia aquele anel, Bassânio não hesitaria em dar-lhe tal presente. Todavia, não insistiu mais. Despediu-se e partiu com Nerissa.

Antônio, no entanto, pediu a Bassânio, pelo amor que lhe dedicava, que esquecesse a ordem dada por sua esposa e desse o anel ao juiz. Bassânio aquiesceu e pediu a Graciano que corresse e levasse o anel ao juiz, convidando-o para um jantar.

Assim foi feito. Pórcia agradeceu o presente, porém recusou o jantar. Nesse momento, Nerissa disse a Pórcia, em voz baixa, que também iria pedir a Graciano o anel dele, com o intuito de testá-lo. Pórcia concordou e afirmou sabiamente que Graciano lhe daria o anel; e de fato assim aconteceu. A bela dama acrescentou que no dia seguinte, quando todos estivessem de volta a Belmonte, as duas ouviriam deles a estranha história de que haviam dado seus anéis a dois homens. Elas, em contrapartida, cobrariam deles a quebra dos juramentos pronunciados.

16

O retorno a Belmonte

Era uma noite calma e quieta em Belmonte. No palácio de Pórcia, Lourenço e Jéssica caminhavam por uma alameda quando viram Estéfano, serviçal da dama, se aproximando rapidamente. Lourenço perguntou-lhe o que desejava. Estéfano disse que vinha por parte de sua senhora, Pórcia, para avisar que ela e sua dama de companhia, Nerissa, estavam deixando o monastério, onde haviam rezado em favor de um casamento feliz, e chegariam a Belmonte antes do nascer do sol.

Momentos depois, Lancelote também chegou, para avisar Lourenço de que recebera notícias de seu patrão, Bassânio, e que este chegaria pela manhã.

Lourenço pediu que Estéfano ordenasse aos músicos que fossem para o pátio, pois seus amos estavam para chegar. Depois, convidou Jéssica a observar o céu. A Lua brilhava num céu límpido, cheio de estrelas e planetas que se movimentavam em perfeita harmonia.

– Escutemos a música dos astros e deixemos que ela encha nossos ouvidos – convidou Lourenço. – Até a mais diminuta estrela canta como um anjo quando se move em sua órbita. Almas imortais têm o mesmo tipo de harmonia. Mas, enquanto estivermos nesta vestimenta de barro decaída, não conseguiremos ouvi-la.

Os músicos chegaram e começaram a tocar.

– Vê como a música traz paz a tudo e a todos, Jéssica? A doce música acalma os animais, faz olhos selvagens se tornarem pacíficos. É por esse motivo que o poeta Ovídio escreveu que o grande músico Orfeu podia fazer árvores, pedras e rios virem até ele quando tocava...

O casal de apaixonados fixava o céu. Pórcia e Nerissa acabavam de chegar.

– Ouça, música! – comentou Pórcia. – Acredito que música soe muito melhor à noite que durante o dia.

– O silêncio da noite faz com que ela soe melhor – acrescentou Nerissa.

– O corvo canta tão doce quanto a cotovia quando ninguém está prestando atenção. Eu penso que se o rouxinol cantasse durante o dia, quando todos os gansos grasnam, as pessoas pensariam que ele não canta melhor do que uma corruíra. Quantas coisas, por virem na hora certa, atingem, nesse clima, a perfeição! – refletiu Pórcia. – Mas silêncio, agora! A Lua está dormindo com Endimião, seu pastor apaixonado, e não quer ser acordada.

A música parou, Lourenço escutou a voz de Pórcia e foi saudá-la. Assim que a encontrou, ouviu da dama que as duas tinham estado em um monastério rezando. Ele lhes contou que seus maridos retornariam pela manhã. Pórcia deu ordens a Nerissa para que conversasse com os serviçais da casa e os orientasse a não comentar com seus maridos sobre a saída delas.

Pouco tempo depois uma trombeta soou. Bassânio estava chegando.

– Seu marido se aproxima, senhora – avisou Lourenço. – Não pense que sou fofoqueiro, não há o que temer.

– Penso que esta noite é como um dia adoentado que parece um pouco pálido. É como um dia cinzento, quando o sol se esconde – respondeu Pórcia.

Nesse momento, chegaram Bassânio, Antônio, Graciano e seus acompanhantes. Graciano e Nerissa se separaram do grupo e começaram a conversar. Bassânio se aproximou de Pórcia e lhe disse:

– Se você andasse fora à noite, seria aurora aqui e no outro lado do mundo.

– Eu daria luz aos homens, porém seria sempre casta e pura como a luz. Não sou uma mulher infiel. Bem-vindo ao lar, meu esposo – respondeu Pórcia.

– Obrigado, senhora. Deixe que eu lhe apresente meu querido amigo Antônio.

– Senhor, bem-vindo à nossa casa – disse Pórcia a Antônio. – Vamos entrar.

Todos se dirigiam para dentro da bela morada quando ouviram gritos vindos próximos dali. Era Graciano. Em voz alta, ele jurava que havia dado seu anel ao assistente do juiz.

– O quê? – ele dizia. – Uma briga por causa de um anel barato! E com uma inscrição fajuta, uma tentativa pobre e frustrada de se fazer poesia que dizia "Me ame e não me deixe".

– Já temos uma briga aqui? Qual é o problema? – perguntou Pórcia dirigindo-se a eles. Todos a seguiram.

– Como você pode falar da qualidade do poema e do valor do anel? – perguntava Nerissa, furiosa. – Você havia jurado que o usaria até o dia de sua morte. Você não se preocupou com as promessas de amor que fizemos. E você diz que deu o anel a um assistente de juiz! Juro por Deus que esse assistente nunca terá barba no rosto.

– Eu insisto que dei o anel a um jovem assistente de juiz, muito falante, da sua altura. Não tive coragem de lhe negar o anel – afirmou Graciano.

– Honestamente, Graciano – opinou Pórcia –, acho que você errou em dar o anel de sua esposa a outra pessoa. Eu mesma dei um anel a meu marido e o fiz jurar que nunca o perderia ou o daria a alguém. Acho que você deu um bom motivo para sua esposa ficar brava. Se fosse comigo, também ficaria.

– Acho que seria mais sensato cortar minha mão esquerda, porque perdi meu anel também – desculpou-se Bassânio.

– Meu senhor, não se desfez do anel que lhe dei? – perguntou Pórcia.

– Bassânio deu seu anel ao juiz que ajudou Antônio a livrar-se do judeu, assim como dei o meu ao assistente dele – disse Graciano.

– Infelizmente é verdade. Meu anel se foi – respondeu, desolado, Bassânio.

– Assim como não há anel em seu dedo, não há verdade em seu coração. Juro que não seremos marido e mulher até que eu veja o anel novamente – prometeu Pórcia.

– Faço minha a promessa de Pórcia – disse Nerissa a Graciano.

– Minha querida Pórcia – replicou Bassânio –, se você soubesse o porquê de eu ter dado aquele anel...

– Se você soubesse o valor daquele anel, Bassânio, o valor que tem a mulher que o deu, você nunca se desfaria dele. Como você se livrou de um anel que tinha um valor cerimonial? Aposto que o deu a uma mulher.

– Não, eu juro, senhora. Se tivesse presenciado todo o acontecimento e visto a insistência do juiz em adquirir o anel, tenho certeza de que me imploraria para que eu desse o anel a ele – afirmou Bassânio.

– Jamais deixe que esse juiz venha para perto desta casa! – ameaçou Pórcia. – Ele tem a joia que eu amava, que lhe dei, que você prometeu guardar para sempre. Serei tão generosa com ele quanto você o foi. Não lhe negarei nada meu. Portanto, não passe uma única noite fora de casa. Juro que, se tiver uma oportunidade, me encontrarei com o juiz.

– E eu farei o mesmo com o assistente do juiz – acrescentou Nerissa.

– Todas essas brigas por minha causa – queixou-se Antônio.

– Pórcia, me ouça – pediu Bassânio. – Se você me perdoar, juro não quebrar mais nenhuma promessa.

– Pórcia – emendou Antônio –, emprestei meu corpo a este jovem uma vez para fazê-lo rico. Se não fosse por causa do cavalheiro que agora usa o seu anel, eu estaria morto. Se me permitir, colocarei minha alma como promissória e serei a garantia novamente, para evitar que seu marido alguma vez na vida quebre outra promessa.

Nesse momento, Pórcia deu a Antônio um anel, pedindo-lhe que fosse a garantia dela. Antônio deu o anel a Bassânio para que ele o guardasse. Bassânio reconheceu o anel que Pórcia havia lhe dado e ficou surpreso. Pórcia explicou que o juiz se encontrara com ela e devolvera o anel. Nerissa disse a Graciano que recebera do assistente do juiz um anel e o entregou a Graciano. Graciano reconheceu o anel que Nerissa havia lhe dado. Os dois maridos ficaram muito confusos, sem entender o que estava acontecendo.

Então Pórcia mostrou a carta de Belário com a explicação de que Pórcia era o juiz e Nerissa, o atendente. Afirmou que Lourenço podia ser testemunha de que as duas jovens tinham estado fora todo o tempo durante o julgamento e que haviam acabado de entrar em casa. Para Antônio, Pórcia entregou outra carta que dizia que três navios dele haviam chegado ao porto de Veneza carregados de riquezas.

– Não sei o que dizer! – respondeu Antônio.

– Pórcia, você era o juiz e eu não a reconheci? – admirou-se Bassânio.

– Nerissa, então você era o atendente do juiz? – perguntou Graciano, igualmente admirado.

– Admirável dama – disse Antônio. – A senhora me deu a vida e um meio de ganhá-la. Acabo de confirmar nesta carta que meus navios estão a salvo no porto.

– Lourenço – falou Pórcia –, meu atendente traz boas notícias para você.

– Sim. E eu as darei a ele de graça – respondeu Nerissa, entregando um documento a Lourenço. – É o testamento do judeu, que favorece a você e a Jéssica. Após a morte dele, vocês herdarão tudo o que ele possui.

– Belas damas, vocês estão distribuindo maná a esfomeados! – exclamou Lourenço.

– Já é quase dia – apontou Pórcia. – Mas tenho certeza de

editora scipione

Roteiro de Trabalho

O mercador de Veneza

William Shakespeare • Adaptação de Marilise R. Bertin

A obra de Shakespeare surpreende por seu grau de densidade psicológica, sua profundidade de análise filosófica, sua amplitude temática, sua extraordinária capacidade expressiva e força poética. Todo o espectro de paixões, todo o drama humano – do amor à ambição pelo poder político, da consciência do intelectual em crise à reflexão sobre a velhice – encontra lugar na obra magistral do maior poeta inglês de todos os tempos. Esse brilhantismo também se revelou nas comédias, como nesta O mercador de Veneza, *cujo tema fundamental é a usura.*

UMA COMÉDIA ROMÂNTICA

- Ambientada na romântica Veneza, a comédia de Shakespeare inicia-se, na verdade, com um dra-

3. Como Bassânio e Antônio reagem à proposta do judeu?

A PROVA SECRETA

- De acordo com o testamento do pai de Pórcia, os candidatos à mão da bela dama deveriam se submeter à prova das três arcas. Descreva, resumidamente, quais foram as escolhas dos príncipes do Marrocos e de Aragão na prova e depois responda: qual foi a artimanha utilizada por Pórcia para que o jovem Bassânio fosse o vencedor?

O JULGAMENTO

- Levado à presença do doge, Antônio aguarda seu julgamento. Shylock exige sua "multa", ou seja, uma libra da carne do peito de Antônio. Instado por todos a ter piedade e receber uma compensação em dinheiro, o cruel judeu revela que seu verdadeiro intento é vingar-se de Antônio. Mas o julgamento apresenta uma reviravolta surpreendente, sem o final esperado por Shylock. Como se concluem os eventos no tribunal?

A PRISÃO

- Tudo parece se encaminhar para um final feliz com o casamento dos apaixonados Bassânio e Pórcia. Entretanto, uma nova reviravolta se dá na trama. O que acontece?

Encarte elaborado por **Carlos Eduardo Ortolan**, bacharel em Filosofia e mestrando em Literatura Brasileira pela

UM AMIGO FIEL

- Bassânio, percebendo que seus esforços para conquistar a amada seriam vãos, dada a sua escassez de recursos, se vê forçado a recorrer a um expediente. Qual é o plano imaginado pelo nobre empobrecido?

1. Antônio, apesar de disposto a ajudar Bassânio, não dispõe de toda a quantia pedida pelo amigo, mas se propõe a consegui-la a qualquer custo. Como Antônio consegue o montante de dinheiro que lhe falta para emprestar ao amigo?

2. Que condições Shylock estabelece para a concessão do empréstimo a Antônio?

que vocês ainda estão curiosos sobre o que aconteceu. Vamos entrar para que eu possa responder a todas as suas perguntas detalhadamente.

– Está bem – respondeu Graciano. – Minha única pergunta para Nerissa é se ela prefere esperar até amanhã à noite ou se irá para a cama agora, já que restam duas horas para amanhecer. Quando o dia chegar, desejarei que seja a hora de dormir, para que eu possa me deitar com o assistente do juiz – brincou Graciano. – De qualquer forma, não me preocuparei com nada mais durante toda a minha vida que não seja cuidar do anel de Nerissa.

QUEM É MARILISE REZENDE BERTIN?

Marilise Rezende Bertin é professora de inglês e português formada pela Faculdade de Filosofia, Letras e Ciências Humanas da USP, com licenciatura plena obtida pela Faculdade de Educação da mesma universidade. Tem o *Proficiency* da Universidade de Cambridge e é mestre em literatura inglesa pela USP. Atualmente faz doutorado na mesma faculdade (FFLCH), na área dos Estudos da Tradução, e desenvolve um trabalho ligado às literaturas inglesa e brasileira direcionado ao público infantojuvenil.

Trabalha com adaptações brasileiras narrativas de William Shakespeare, que, via de regra, são derivadas direta ou indiretamente dos famosos *Tales from Shakespeare* (*Contos de Shakespeare*) – vinte contos adaptados de vinte peças shakespearianas, escritos pelos irmãos ingleses Charles e Mary Lamb e publicados na Inglaterra no ano de 1807.

É autora de três adaptações bilíngues de Shakespeare, escritas em parceria com seu orientador, o professor doutor John Milton, e analisadas em sua tese de mestrado. *Hamlet* saiu em 2005 e ficou entre os dez finalistas do prêmio Jabuti 2006, na categoria Tradução. Seguiram-se *Romeo and Juliet/Romeu e Julieta*, em 2006, e *Othello/Otelo*, em 2008. Todos foram publicados pela editora Disal.

A adaptação de *O mercador de Veneza* é seu primeiro trabalho para a série Reencontro.